文化广西

文学

广西历代诗歌

莫道才 等 编著

GUANGXI NORMAL UNIVERSITY PRESS
广西师范大学出版社

·桂林·

图书在版编目（CIP）数据

广西历代诗歌 / 莫道才等编著 . -- 桂林 : 广西师范大学出版社 , 2021.6
（文化广西）
ISBN 978-7-5495-1074-0

Ⅰ . ①广… Ⅱ . ①莫… Ⅲ . ①古典诗歌－诗集－广西－先秦时代－清代 Ⅳ .
① I222.7

中国版本图书馆 CIP 数据核字 (2021) 第 080019 号

出 版 人	黄轩庄	责任编辑	余慧敏　唐　娟
出版统筹	郭玉婷	责任印制	王增元　姚以轩
设计统筹	姚明聚	书籍设计	姚明聚　徐俊霞　刘瑞锋
印制统筹	罗梦来		唐　峰　魏立轩

出　　版	广西师范大学出版社	
	广西桂林市五里店路 9 号　　邮政编码　541004	
网　　址	http://www.bbtpress.com	
发行电话	0773-2802178	
印　　装	广西广大印务有限责任公司	
开　　本	1230 mm × 880 mm　1/32	
印　　张	6.5	
字　　数	130 千字	
版　　次	2021 年 6 月第 1 版　　2021 年 6 月第 1 次印刷	
书　　号	ISBN 978-7-5495-1074-0	
定　　价	28.00 元	

前　言

◆

　　很多人误以为历史上广西除了民间山歌，缺少作为传统经典的诗歌。这其实是很大的误解，是不了解广西历史文化的表现。广西在中国诗歌史上一直与中国文学联系紧密。历代重要的文学家很多都来过广西，写过广西，留下了著名的篇章，只是我们不熟悉这段历史而已。

　　先秦时期的《越人歌》被学者认为是壮族先民的歌谣。汉代张衡在《四愁诗》中感叹"我所思兮在桂林"，这里的"桂林"应是借用秦朝的桂林郡旧称，基本涵盖了今天广西主要的区域。可见汉代广西地区就进入了诗人的视野。南朝刘宋时期是中国山水诗的初创时期，颜延之就在今天的桂林任始安郡太守，写下了"未若独秀者，峨峨郛邑间"，可惜只留下一些残句。

　　从现存的诗歌来看，唐宋是广西历史上诗歌辉煌的时代。唐宋时期来到广西的诗人多因游宦。初唐时期宋之问、沈佺期贬谪广西，写出了迁谪的感叹。宋之问在《登逍遥楼》和《始安秋日》感叹的是"逍遥楼上望乡关""桂林风景异"，沈佺期在《入鬼门关》感叹的是"流移几客还"。张说在《钦州守岁》中感叹"东

北望春回"。张九龄在《巡按自漓水南行》中则感叹"心与清晖
涤"。没有来过广西的诗人则对远方有美好惊奇的想象。王昌龄
在《送任五之桂林》听说"桂林寒色在",安慰朋友"山为两乡
别,月带千里貌"。杜甫在《寄杨五桂州谭》的送别诗中劝慰朋
友"五岭皆炎热,宜人独桂林"。韩愈《送桂州严大夫》则用奇
妙的比喻写出了桂林山水的灵魂,"江作青罗带,山如碧玉簪"。
王建《送严大夫赴桂州》则劝慰"莫叹京华远,安南更有南"。
戎昱在《桂州西山登高上陆大夫》中写出了"登高上山上,高处
更堪愁"。戴叔伦《宿灌阳滩》感叹南迁路上"灌阳滩冷上舟迟"。
当然更多是感伤,柳宗元在迁谪路上和柳州刺史任上也写了很多
诗,其代表作《登柳州城楼寄漳汀封连四州》写出了"海天愁思
正茫茫"的迷惘,《种柳戏题》则是"柳州柳刺史,种柳柳江边"
的自嘲。李渤的《留别南溪》(其一)"常叹春泉去不回"。元晦
在桂林做刺史期间喜欢游历山水,他在游览叠彩山后写了《越亭
二十韵》,用五言排律写出了"偶脱嚣烦趣"的观感。李德裕贬
谪到海南崖州,经过北流鬼门关作《谪崖州过北流鬼门关作》,
感叹"崖州在何处?生度鬼门关"。李商隐在桂林幕府期间写下
了很多诗歌,《桂林》写出了"城窄山将压,江宽地共浮"的形
胜,《异俗二首》写出了昭州"家多事越巫"的异俗。曹邺和曹
唐是广西本土出生的诗人。曹邺《碧浔宴上有怀知己》既有"玉
簪恩重独生愁",也有《寄阳朔友人》"桂林须产千株桂"的自得。
号称游仙诗人的曹唐《南游》写出了"苍梧风暖瘴云开"。可见
大部分诗人表达的是感伤与惆怅。

宋代诗人到广西的也很多，大多也是贬谪流放而来，也因此留下了不少诗作。但是宋代诗人对人生的感悟境界有所不同，比较达观潇洒。本土诗人周渭在《游兼山》中感叹"两峰拔地镇南夷"。陶弼在《思柳亭》中追思柳宗元"碧桃无主又千年"，在《南宁昆仑关》感叹"蛮封迤逦分"。苏轼流贬海南，往返经过广西，他的《藤州江上夜起对月，赠邵道士》感叹"独醉还独醒"，而作为美食家的他在《廉州龙眼，质味殊绝，可敌荔支》中还写出了对廉州龙眼"累累似桃李，一一流膏乳"的喜爱。贬谪横州的秦观在《月江楼》中发出了"直与江月同清幽"的感悟。黄庭坚流放羁管宜州，《到桂州》有"桂岭环城如雁荡，平地苍玉忽嵯峨。李成不在郭熙死，奈此百嶂千峰何"的惊叹。爱国诗人李纲在《象州道中》中发出了"山鸟不知兴废恨"的感叹，而《容南道中》则是在异乡的风景"山空云苒苒，春动水茫茫"中感叹"风烟自一方"。孙觌《灵泉寺》感叹"意谐独有清风共，兴尽聊随落照还"。吕本中在《柳州开元寺夏雨》中感悟"家国身世两相悲"。爱国诗人张孝祥在《入桂林歇滑石驿题碧玉泉》写到经过灵川县滑石驿碧玉泉"一环清驶石间流"，而《訾洲即事》写出了"云山米家画，水竹辋川庄"如诗如画的风光。范成大在桂林做官，在往来桂林的路上经过严关，写下了"回看瘴岭已无忧，尚有严关限北州"。张栻的《七月旦日晚登湘南楼》，写出了在湘南楼"仰看河汉明，俯视群山苍"的心旷神怡。戴复古的《观静江山水呈陈鲁叟漕使》在山水中发现"桂林佳绝处，人道胜匡庐"。刘志行的《訾洲烟雨》写出"芦花深处歌竹枝"的美。宋

代诗歌更多发现了广西自然之美。

　　元明时期的诗歌也有不少。元代诗人伯笃鲁丁《逍遥楼》写出了"身世云霄上，飘然思不穷"的壮阔气象。蓝智的《河池县险路》在更偏远的河池独行，"揽辔倦行役，徘徊思故园"。吴廷举《梧州同心亭》有"天空月好自歌吟"之叹。蒋冕《曩予家食时尝游城西之湘山寺作数小诗今书遗寺僧觉静》写出了"恍疑在图画"之美。王守仁《南宁二首》（其一）写出了"莫陋夷方不可居"的感悟。戴钦《兴安道中遣兴》在旅途古道上抒发了"何处望长安"的感慨。董传策《青山歌》则具有民歌的风格，写南宁青秀山"青山四时常不老"。张鸣凤《游尧山玉皇阁》看到了"江似游龙曲向东"的美景。袁崇焕《藤江夜泛》则有"夜色正苍苍"之感。王贵德《初发容江》写出了"一樽清兴此行舟"。

　　清代诗人中本土作家与外来作家均有大量描写广西的诗作涌现。谢良琦《湘山春望》（其二）感叹"白杨青草易黄昏"。查慎行《灵渠行》有"漓源滥觞乃在此，七十二重湾复湾"的惊叹。谢济世《乾隆甲子归田重游龙隐岩，效待制体题石壁》（其一）则感叹"他年如化鹤，何处觅前踪"。袁枚往往对自然有独特的发现，其《独秀峰》的"来龙去脉绝无有，突然一峰插南斗"很有视觉冲击力。赵翼《横州晤庄似撰》写出了"词客十年犹未遇，故人万里倍相亲"的感触，而《昆仑关咏古》写出了"经过想见英雄气，古木灵风叫鹧鸪"的思古幽情，《过昭平峡》写出了船行桂江过昭平峡时"万叠盘涡满江沸"的惊险刺激，读之如临其境。邓建英《长洲春日道中》吟唱了梧州"春风随处好年华"。张鹏展《苍梧夜泊》记录了"歌罗城外疍人音"。朱依真在《全州》写出了"乡心悬隔斗门西"。阮元的《清漓石壁图歌》对漓江上的九马画山则有"上古何人善画山，似与关荆斗名派"的遐想。广西本土最著名的学者和文学家郑献甫《舟经大藤峡感赋》歌吟了大藤峡"夜来且听渔人歌"。"杉湖十子"之一的朱琦在《同竹轩宗老游隐山》中感叹"不信尘世无丹邱"。"杉湖十子"的另一位——龙启瑞在《南郭晚归途中望独秀峰作》听到了"晚市人归笑语哗"。本土诗人对家乡的喜爱溢于言表。

总的来说，广西历代诗歌是十分丰富的。广西历代诗歌是中国古代诗歌的一部分。本书对作品的评析，有助于了解历代诗人名家在广西的创作，以此了解广西历代诗歌的成就。

目　录

宋代：发现粤西美景

先秦汉魏六朝：

寻找遥远的诗神

今日何日兮得与王子同舟
——《越人歌》评析

越人歌

今夕何夕兮搴洲中流，

今日何日兮得与王子同舟。

蒙羞被好兮不訾诟耻，

心几烦而不绝兮得知王子。

山有木兮木有枝，

心说君兮君不知。

——选自逯钦立辑校《先秦汉魏晋南北朝诗》，中华书局，1983年

【评析】

　　此诗最早见于刘向《说苑》卷十一《善说篇》："榜枻越人拥楫而歌"，南朝徐陵将其收录于《玉台新咏》中，称为《越人歌》。诗中所言"今夕何夕"，应当是公元前529年。当时，楚共王之子、楚灵王的同母弟子皙刚参加了一场谋反。他的兄弟子比与弃疾趁楚灵王游戏乾溪乐不思蜀的机会，率兵进入郢都杀掉了灵王之子太子禄。子比登上了王位，子皙为令尹，被授予执珪的爵位。

令尹，春秋、战国楚设，是楚国最高官职，执掌军政大权，而执珪亦是至高的爵位。子晳回到他的封地鄂举办了一场盛大的集会。

《越人歌》原文用汉字记音有32字，而楚译人把它译成楚辞的形式后，用了54个字，可见两者不是一种语言，所以不能字字对译。因为双方歌式也不同，楚译者为了使译文更合乎楚辞歌式，便在诗中添加了一些只为凑韵用的起兴式助语。所以这一段如同天书的汉字记音也就成了一个千古之谜，很多人都在猜测它的原义。"今夕何夕？""今日何日兮？"为子晳撑船的越人反复询问，激动喜悦之情溢于言表。今天到底是什么好日子，竟然能与王子同舟。那位王子乘着青翰之舟，身着斑斓艳丽的服饰，泛波而来。"蒙羞被好兮不訾诟耻，心几烦而不绝兮得知王子"道出了越人复杂的心理活动。原来舟中之人竟是王子，承蒙王子的错爱，不嫌弃、不责骂自己的鄙陋，越人便以歌报之。周围的钟鼓乐声渐停，越人唱起婉转的歌谣，原记音汉字是："滥兮抃草滥予昌枑泽予昌州州𩢍州焉乎秦胥胥缦予乎昭澶秦逾渗惿随河湖"。或许是因为当时南方各地之间文化并不相通，他口中所唱，乃是越地方言，子晳身为楚人并不能懂。侍从将这首越歌的语音以同音汉字记录了下来，并将歌词翻译成了楚语。《越人歌》即是我国见于古籍的第一首翻译作品。

壮族学者韦庆稳在《越人歌与壮语的关系试探》中对《越人歌》的原歌进行了重新解读，发现原歌与壮语在语音、语法等方面多有相同之处，由此推断这位越人应当是壮族先民。这样一来《越人歌》不仅是我国最早有文字记载的翻译作品，也是最早有

文字记载的壮族民歌。

　　至于这位越人为何会出现在鄂地，为子晳撑船，这与当时动荡的时局密切相关。楚国的先祖熊渠在江汉一带很得民众的拥戴，当时周王室衰微，熊渠便出兵攻打庸、杨粤，一直打到了鄂地。此后楚国历代君王也多次出兵征讨他国，扩张土地。这位越人或许是在某次战乱流徙中跟随族人来到了鄂地，便定居在此。梁庭望在《中国少数民族诗歌史》绪论中提出，当时的楚国百姓有很大部分是越人，也许是忌惮越人的力量，子晳需要做好他们的"统战"工作，所以才有越人献歌这一幕。无论如何，这位越人是感念子晳恩情的。"山有木兮木有枝，心说君兮君不知。"自然界的万事万物都是有因果关系的，就像王子对越人的礼遇，定然使得越人心怀感激。只是越人对王子的爱慕与敬仰，王子如何又不知了呢？诗句以"山有木兮木有枝"起兴，"枝"与"知"语音双关，兴起下句的真情表露，更加显得余韵深长。难怪历代的文人墨客都对这首《越人歌》评价甚高，称其为楚辞中的佼佼者。

　　朱熹《楚辞集注》评价其"特以其自越而楚，不学而得其余韵，且与周太师'六诗'之所谓'兴'者，亦有契焉。"清人李调元在《粤东笔记》中称赞其"绝类《离骚》也"。清人沈德潜直接将此诗选入《古诗源》一书中，《越人歌》的开创意义可见一斑。梁启超在《翻译文学与佛典》中称《越人歌》"实我文学界之凤毛麟角，《鄂君歌》译本之优美，殊不在《风》《骚》下"。今人游国恩在《楚辞的起源》一文中评论："它的文学艺术的确可以代表一个楚辞进步很高的时期，虽是寥寥短章，在《九歌》

中，除了《少司命》《山鬼》等篇，恐怕没有哪篇赶得上它。"《越人歌》的广为传诵自然与那位侍从的转译与美化有关，但更为重要的是其中所传达出的热烈情感。

千百年来，对于《越人歌》所表现的情感主旨的探究众说纷纭，有人说这是一首越人向子晳求爱的情歌，也有人说，这是越人在向当时的统治者表达尊敬与崇拜。其实，通过韦庆稳对原歌的翻译可见，《越人歌》中对王子的崇敬之情是显而易见的，表达也是直白而热烈的。壮族人民自古以来便能歌善舞，宋代周去非《岭外代答》就记载了壮人"迭歌相送"的情境，"皆临机自撰，不肯蹈袭，其间乃有绝佳者"。由此看来，这位榜枻越人能吟唱出这样一首优美动听的诗歌也就不足为奇了。

《越人歌》是先秦唯一保留了原文汉语记音的诗歌，也是我国最早的一部翻译作品，体现了壮族先民高超的艺术成就。这是壮族先民在中国文学史上留下浓墨重彩的一笔，也是古代楚与越两地之间文化交融的有力见证。

（莫道才　熊逸文）

我所思兮在桂林

——张衡《四愁诗》评析

四愁诗

张衡

一思曰：我所思兮在太山，欲往从之梁父艰，侧身东望涕沾翰。

美人赠我金错刀，何以报之英琼瑶。

路远莫致倚逍遥，何为怀忧心烦劳！

二思曰：我所思兮在桂林，欲往从之湘水深，侧身南望涕沾襟。

美人赠我金琅玕，何以报之双玉盘。

路远莫致倚惆怅，何以怀忧心烦伤！

三思曰：我所思兮在汉阳，欲往从之陇坂长，侧身西望涕沾裳。

美人赠我貂襜褕，何以报之明月珠。

路远莫致倚踟蹰，何以怀忧心烦纡！

四思曰：我所思兮在雁门，欲往从之雪纷纷，侧身北望涕沾巾。

美人赠我锦绣段，何以报之青玉案。

路远莫致倚增叹，何为怀忧心烦惋！

——选自〔东汉〕张衡著，张震泽校注《张衡诗文集校注》，上海古籍出版社，1986 年

【评析】

张衡是我国历史上不可多得的天才，不但在数学、地理、天文、政治等领域贡献卓著，而且在文学创作方面，亦是赋、诗、文皆善。就诗歌而言，他仅数首存世，但一曲《四愁诗》，足以不朽。

全诗共分为四章，每章七句，每句七言。诗歌的主旨在"愁"。"我"思念的"美人"分别在泰山、桂林、汉阳、雁门，我"欲往从之"而受到重重的阻挡，只能涕泪沾襟，徒增忧愁。联系诗歌的写作背景，我们可以体会诗人的写作深意。面对当时混乱的局面，张衡痛心疾首，却无力回天，只能将满腔的忧愁寄托于诗歌中，《四愁诗》便是诗人当时心境的写照。

张衡的《四愁诗》历来被认为是真正意义上的第一首歌咏粤西的文人诗，梁章钜《三管诗话》评论说："他邦人士诗为粤西而作者，莫古于此。"但早在明代张鸣凤《桂故》就指出"今桂林非故也"，所以我们要清楚张衡所咏桂林与今桂林之区别。桂林郡的范围包括今广西大部分地区，今桂林那时只是秦桂林郡管辖的北端一部分。到汉代改为郁林郡后，今桂林并不属于郁林郡而属于零陵郡了。所以，张衡笔下的桂林指秦桂林郡范围，是当今的广西一带。

张衡并没有到过粤西，而且受到当时条件的限制，诗人对地处偏远的秦朝时期的桂林郡的真实状况不太可能有过多了解，但是与大多数人不同，他以文人特有的浪漫的笔调写出了"我所思兮在桂林，欲往从之湘水深，侧身南望涕沾襟。美人赠我金琅玕，何以报之双玉盘。路远莫致倚惆怅，何以怀忧心烦伤！"这段忧郁、朦胧的诗句，体现了诗人对这片偏僻又神秘的极南之地的想象与向往。何况源自《山海经》的"桂林"二字本身就有优美动人之意，这样"桂林"首次作为文学意象出现在文学作品中就带着浪漫又朦胧的气息，撩拨着历代文人墨客骚动的心。

（石涛）

峨峨郭邑间
——颜延之咏独秀峰残诗评析

未若独秀者，峨峨郭邑间。

【评析】

颜延之这首诗只留下这两句，但是影响深远。颜延之，字延年，琅琊临沂（今山东临沂）人，南朝刘宋年间的诗人，少年时候家境贫困，但是他非常喜欢读书，文章也写得极好。《宋书·颜延之传》称他"少孤贫，居负郭，室巷甚陋。好读书，无所不览，文章之美，冠绝当时"，这是对他最恰当的称赞。颜延之与当时另一位著名诗人谢灵运齐名，并称"江左颜谢"。又与谢灵运、鲍照两人，被称为南朝"元嘉三大家"。颜延之的诗语言华美，善于用典故。那么，这样一个才情横溢的诗人怎么会来桂林做官呢？据史书记载，颜延之性情豪爽，为人放荡不羁，并且直言敢谏，因此经常得罪权贵。景平二年（424），颜延之因触怒权势者而遭到排挤，被任命为始安太守，始安郡的治所就在今天的桂林。

独秀峰位于今天的靖江王城内。颜延之在始安的住所就在独秀峰东边。独秀峰孤峰独起，直耸入云，后人称誉为"南天一柱"。颜延之的"未若独秀者，峨峨郭邑间"这两句诗就是咏独秀峰的。桂林山峰众多，如象鼻山、叠彩山等，但独秀峰是桂林众山之中第一座被歌咏入诗的山峰，颜延之也是目前为止有据可查的歌咏桂林山水的第一人。"未若独秀者"一句，是说没有其他山能够比得上独秀峰的，不禁让人很好奇这究竟是怎样的一种"独秀"呢？唐代郑叔齐在《独秀山新开石室记》中载"不藉不倚，不骞不崩，临百雉而特立，扶重霄而直上"，就是说独秀峰拔地而起，孤峰耸立，直上云霄，有秀出群峰，一枝独秀的独特之美。既然独秀峰如此高耸，很自然地就有下面一句"峨峨郭邑间"的直观感受了，独秀山耸立在桂林城中，俯瞰全城，因而成为桂林最具代表性的山水名胜。据说这两句诗也成为独秀峰得名的由来。

令人遗憾的是，至今也没能找到"未若独秀者，峨峨郭邑间"这首诗的全文，就连颜延之在出任始安太守期间究竟写了多少篇关于桂林的诗文也没有记载，这仅有的描写独秀峰的两句诗也是因郑叔齐《独秀山新开石室记》才得以留存下来。这个"新开石室"就是独秀峰南麓的岩洞，是颜延之读书的地方，后人把它叫作"颜公读书岩"。唐代建中元年（780），桂州都督兼御史中丞李昌夔在颜公读书岩前建立了广西第一座官办学校——桂林府学；宋朝元祐年间，为了纪念颜延之，桂州知州孙览在桂林府学原址上建了一座五咏堂，把颜延之的著名诗作《五君咏》刻于堂内。

（闫晗）

南天一柱

治将黄国村题

南天一柱

唐代：邂逅岭南风物

二

逍遥楼上望乡关
——宋之问《登逍遥楼》评析

登逍遥楼

宋之问

逍遥楼上望乡关，绿水泓澄云雾间。

北去衡阳二千里，无因雁足系书还。

——选自〔唐〕沈佺期、宋之问撰，陶敏、易淑琼校注《沈佺期宋之问集
校注》，中华书局，2001 年

【评析】

在古代，桂林的逍遥楼与黄鹤楼、岳阳楼、滕王阁等齐名。
逍遥楼建在唐代桂州（今桂林）城的东城之上，置身于楼阁之中
可以近观漓江之水，远眺彼岸群峰。"逍遥"一词源自庄子《逍
遥游》，取义为"使人逍遥于山水之间"。历史上有记载的逍遥楼
有三处，分别位于江苏南京、山西永济、广西桂林。南京和永济
的逍遥楼已经随着时光的流逝，消失于历史的长河中。而位于桂
林的逍遥楼，凭借着它独特的地理位置和往来诗人的吟咏得以成
为经典。

无论是羁旅异乡的贬谪群体，还是云游四海的迁客骚人，登

临桂州逍遥楼，面对岭南的风景，免不了要吟诗作赋，以抒情怀。第一个将逍遥楼写入诗中的是唐代诗人宋之问。景龙四年（710），宋之问被流放钦州，后又以赦改派桂州。太极元年（712），宋之问被赐死在桂州。他在桂州的短短两年，写过大量的诗歌，《登逍遥楼》便是当时所写，主要是借登楼抒发怀乡之感。

　　宋之问此诗起句直接以"望乡关"点明主题。故乡望不见，诗人将目光转向了周围的环境，看到漓江碧波荡漾。看似写景，实则暗暗抒发自己无声的乡愁。眼前绿水澄澈，烟云缭绕的美好景致并不能让他感到轻松高兴，他的一生一直追求名利，而今年迈，被贬谪岭南，恐没有出头之路，不免惆怅思乡，此时睹乐景则哀感益增。伴着楼中云雾，诗人的思绪随着悠悠江水，想到家乡的父老乡亲。"北去衡阳二千里，无因雁足系书还"，他想起大雁飞不过衡阳的传说，写下了这两句诗。由于五岭和其他高山的阻挡，加之交通不便，岭南一直戴着神秘的面纱，在宋之问的认识里，传信的大雁是飞不到岭南的。这个想法在他的其他诗中得到了证明，如《遥同杜员外审言过岭》"南浮涨海人何处，北望衡阳雁几群"，诗人认为鸿雁到了衡阳便不用继续南飞了，但是贬谪的人还要继续向南行役。宋之问被流放岭南途经大庾岭时所作的《题大庾岭北驿》中"阳月南飞雁，传闻至此回"也有异曲同工之妙。他的这几首诗都是借"大雁不过五岭"，恐无法传递家书，展现出自己抛家别亲，远渡荒蛮之地的悲苦凄凉心境。

　　除宋之问之外，还有不少诗人在逍遥楼吟咏赋诗，宋代范成大、李彦弼、李曾伯，元代伯笃鲁丁、吴伯寅，明代欧大任、邓云霄等人都曾有诗篇留存。可惜的是，逍遥楼因战争等因素几近全毁，逐渐淡出百姓视野。2015 年桂林市在原址附近重建此楼，将唐宋建筑风格融于一体。在逍遥楼的旁边，有一块唐代书法家颜真卿题写的"逍遥楼"石碑，这也是逍遥楼上唯一一件从古保留至今的文物。

自唐代诗人宋之问第一次记录下当时逍遥楼的佳景以来，一代又一代的士大夫文人在逍遥楼上把酒言欢、眺望江景，写下了一首又一首关于桂林的诗篇，而逍遥楼便因此成为名楼。

（莫道才　张雅琪）

桂林风景异
——宋之问《始安秋日》评析

始安秋日
宋之问

桂林风景异，秋似洛阳春。

晚霁江天好，分明愁杀人。

卷云山戫戫，碎石水磷磷。

世业事黄老，妙年孤隐沦。

归欤卧沧海，何物贵吾身。

——选自〔唐〕沈佺期、宋之问撰，陶敏、易淑琼校注《沈佺期宋之问集校注》，中华书局，2001 年

【评析】

始安即桂林，汉代元鼎六年（公元前 111）设立始安县，西晋时期设立始安郡。诗中用古地名指代今桂林。桂林是岭南重镇，唐宋时是文人士子迁谪的地方。神龙元年（705），随着武后退位，宠臣张易之、张昌宗被诛，宋之问的仕途也开始走下坡路，两次被流放岭南。第一次在泷州（今广东罗定），第二次在钦州（今广西钦州），后改派桂州（今广西桂林）。《始安秋日》便是当时所作。

　　诗歌首句以桂林风景开头，一个"异"字留有悬念。究竟桂林的风景异在哪里呢？诗人第二句给出了答案——"秋似洛阳春"。秋天依然像春天一般温暖、湿润。诗人由北方到南方，感受着桂林的秋，物候的变换、环境的差异，让他情不自禁地在脑海中浮现出洛阳的春景。两地气候的比对，看似写景，实则体现了身在贬地的宋之问对洛阳深深的眷恋。"晚霁江天好"描绘了雨过天晴的傍晚，天色微暗，诗人眺望江边，天上云卷云舒，江面清风拂波。面对如此美景，诗人内心却涌动着愁绪，感叹"分明愁杀人"。"分明"二字明确美景反衬内心愁绪。"愁杀"二字体现出诗人极为忧愁。为什么美好的江景会"愁杀人"呢？这是以乐景写哀的反衬的心理写照。面对着闲适安宁的悠悠江水，想到自己仕途的失意。远处的山峰隐约入云中，如同兽的角尖在云层中钻动。接着他的视角由远及近，又见清澈见底的江水流动中拍打着碎石，水波之下，江水荡漾。"山鹹鹹"和"水磷磷"两个词语构成叠词，能和谐音律，加强语气。整首诗的前几句重在写景抒情，而后四句则向述志感怀转变。尾句"归欤卧沧海，何物贵吾身"则体现出明哲保身的态度。

　　《始安秋日》是宋之问晚年贬谪期间的作品，他由钩心斗角的宫廷被贬到山清水秀的桂州，路途虽远，但是也远离了政治纷扰，桂林的山水扩展了他的精神境界和审美意识，因而他诗中充斥着怀乡与归隐之思。本诗写景与抒怀并举，用巧妙的句式写景，简约含蓄的文字述愁，并不露痕迹地将怀乡的深情寓于其中，是其诗篇中的佳作。

（张雅琪）

流移几客还
——沈佺期《入鬼门关》评析

入鬼门关
沈佺期

昔传瘴江路，今到鬼门关。

土地无人老，流移几客还？

自从别京洛，颓鬓与衰颜。

夕宿含沙里，晨行茵露间。

马危千仞谷，舟险万重湾。

问我投何处，西南尽百蛮。

——选自〔唐〕沈佺期、宋之问撰，陶敏、易淑琼校注《沈佺期宋之问集校注》，中华书局，2001 年

【评析】

这首诗写的是北流的鬼门关。神龙元年（705），唐中宗复辟。由于宫廷发生政变，武则天退位，朝廷中凡是有牵连的人都被贬谪到岭南之外的地方。当时一起被贬的还有李峤、宋之问、杜审言等数十人，而沈佺期被贬到的驩州最偏远。沈佺期从显赫的顶峰跌入人生的谷底，这对他来说是一次沉重的打击，是人生悲剧

的开场，他怀着万分悲凉的心境无奈踏上了贬谪之路。沈佺期从东都洛阳出发，取道湖湘，经郴州，越骑田岭到达岭南。之后进入西江，逆西江继续西上到达梧州，写了一首《梧州火山》，往西南过容州（今广西容县），到达北流鬼门关后，写下了《入鬼门关》一诗。

"昔传"二字表明诗人早已听闻南方瘴疠的恐怖，如果不幸染上瘴气之疾，性命堪忧。首联的"瘴江"指的是容江，也就是今天的南流江，发源于容州北流，向南流经玉林、博白、合浦而入海。唐宋时容州的瘴气种类多样，分布范围非常广泛，而且一年四季都有。《徐霞客游记》中记道："鬼门关在北流十里，颠崖邃谷，两峰相对，路经其中，谚所谓'鬼门关，十人去，九不还'。言多瘴也。""今到鬼门关"点出了传说中令人闻风丧胆的鬼门关。当时去交趾（今越南）都要经过这个关隘。凡是流放贬谪的人到达鬼门关，恐怕都会魂飞魄散。这里写出诗人内心忧虑恐惧之情。第二联"土地无人老"点出岭南地区荒凉惊恐的场景。唐代被贬谪的官员从京城出发到任上，每日翻山越岭的行程奔波让人身心俱疲，心情难免更加低落和消沉。贬谪到蛮荒的岭南地区，首先就要适应恶劣的生存环境和陌生的文化环境，其次还要承受巨大的心理负担。第三联写出诗人辞故怀乡的悲凉，岭南与京城相隔万里，一想到远离家乡的亲朋好友，诗人就忍不住绝望衰愁，以至于容颜衰颓，头发花白。从"颓"和"衰"这样的词语中就能看出诗人容颜憔悴和内心疲惫酸楚。"鬼门关"光听名字就令人毛骨悚然了。第四联写岭南地区气候湿热，植被繁茂，所以常有一些奇怪的动植物。旧时认为有一种叫蜮的东西，住水里，听人声，因激水或含沙以射人，所以诗中写到"含沙里"。实际上诗人在流放途中过着风餐露宿的生活，白天走的是崎岖的山路，晚上就露宿在这荒野中。第五联"马危千仞谷，舟险万重湾"两句对仗工整，"千仞谷"和"万重湾"的意象一方面写出了山谷之深，河湾之曲折，另一方面用"危"和"险"二字表达出了"马"和"舟"的处境险恶。路途艰难险阻，也暗示着诗人对前路迷茫无助的心情。最后诗人无可奈何，只好自问自答，到底投身到何处呢？是远离京城的蛮荒之地罢了。

沈佺期在岭南流放的时间并不长，只有短短两年的时间，但他在贬谪期间写到关于岭南的诗歌就有二十余首。他在贬谪期间所写的诗歌中，几乎篇篇含泪，字字见愁。由于情感的变化，他在岭南期间的艺术风格完全不同于以往在朝廷时期的诗歌，语言朴素自然，情深意切，表达了思家念国的真挚情感。

（林虹伶）

东北望春回
——张说《钦州守岁》评析

钦州守岁
张说

故岁今宵尽，新年明旦来。

愁心随斗柄，东北望春回。

——选自〔清〕彭定求等编《全唐诗》卷八十九，中华书局，1960 年

【评析】

　　长安三年（703）九月，唐代诗人张说被流放到岭南钦州（今广西钦州）。关于这次被流放的原因，据《旧唐书·卷九十七·列传四十七》载："长安初，修《三教珠英》毕，迁右史、内供奉，兼知考功贡举事，擢拜凤阁舍人。时麟台监张易之与其弟昌宗构陷御史大夫魏元忠，称其谋反，引说令证其事。说至御前，扬言元中实不反，此是易之诬构耳。元忠由是免诛，说坐忤旨配流钦州。"由此可以看出张说是因为政治斗争，触犯武则天而被迫流放到钦州。当时的钦州治所在今灵山县，经济落后，自然环境恶劣，多瘴气。被流放到钦州的这段时间，张说的心情始终是孤独和凄苦的，他强烈渴望着回到长安，这种情感表达也

始终贯穿在张说被流放钦州时期的诗歌中。政治上的失意和生活上的困顿使张说愁苦万分，这种压抑的情绪在守岁的时候更加浓厚，因此他在被流放到钦州的除夕夜写下了这首《钦州守岁》，表达自己愁苦的心绪和盼归的心结。

诗歌一开始就点明了创作的时间。"故岁今宵尽，新年明旦来。"过了今晚这一年就要结束了，明天就是新的一年了。在远离长安和故乡的荒蛮之地守岁，诗人孤独凄冷，远离朝廷，政治抱负难以实现。在守岁的时刻诗人这种愁苦的心绪变得更加浓厚，无法排解。三四句直抒胸臆："愁心随斗柄，东北望春回。"北斗的斗柄在冬天会转向南方，春天将会转向北方。诗人渴望着内心的愁苦斗转星移，或许春天的时候就能够回到朝廷，回到家乡了。这里的"春"也暗喻朝廷的皇恩。这两句直抒胸臆，诗人直接表达了自己内心回归朝廷的强烈渴望。整体而言，这首诗感情表达浓烈，表现了诗人在被流放的除夕夜心绪的愁苦和对回归朝廷的期望。

在张说被流放期间，这类盼归的感情始终贯穿在他的诗歌创作中："秋雁逢春返，流人何日归"（《岭南送使》），"何日南风至，还随北使归"（《南中送北使二首》）。这类诗歌语言朴实流畅，情感表达真挚自然。流放到钦州，让张说一下子跌落到人生的低谷。但是，这次惨痛的流放经历，却是他诗歌创作的一个重要收获期。这一时期张说创作的诗歌数量多，内容丰富多样，情感表达真挚自然，景物描写真切具体，形成了独特的风格。

（杨兆涵）

心与清晖涤
——张九龄《巡按自漓水南行》评析

巡按自漓水南行
张九龄

理棹虽云远，饮冰宁有惜。

况乃佳山川，怡然傲潭石。

奇峰岌前转，茂树隈中积。

猿鸟声自呼，风泉气相激。

目因诡容逆，心与清晖涤。

纷吾谬执简，行郡将移檄。

即事聊独欢，素怀岂兼适。

悠悠咏靡盬，庶以穷日夕。

——选自〔唐〕张九龄著，熊飞校注《张九龄集校注》，中华书局，2008 年

【评析】

　　张九龄是韶州曲江（今广东韶关）人。他是唐朝开元时期的贤相，为"开元盛世"做出了巨大贡献。开元元年至开元二十九年（713—741），张九龄曾随唐玄宗东祭泰山，随后又在洪州、桂州等地担任公职。此诗是张九龄 54 岁时所写。开元十九年

（731）春天，他由洪州都督转徙桂州都督，兼岭南按察使，当时诗人在泛舟桂林的漓江、南行去广州时写下了这首诗。

　　诗的题目"巡按自漓水南行"，"巡按"指分至各地考察，"漓水"指广西桂林的漓江，题目交代了写诗的地点和诗人此行的目的。诗中写了山川、潭水、怪石、奇峰，写了山中古树参天的独特景观，描写了原野上动听的猿声、鸟声、风声、泉声。这首诗写景生动细致、有声有色，情景交融，将山水描写与咏怀相结合，含清拔于秀丽，寓风骨于物色。"理棹虽云远"，虽说这次考察的地点有些远，但诗人还是整顿舟楫，坐船出发。"饮冰宁有惜"，诗人忧心如焚，接到王命后马上就要去考察各地，故他内心焦躁担忧。"况乃佳山川，怡然傲潭石"开始具体的景物描写，这里

漓江风光

的山川景色如此秀丽多姿，潭水里的怪石让人感到无比的喜悦，不仅表达了诗人对自然山水的无比喜爱和向往，甚至可以感受到诗人对自然之美的一种执着追求。诗人因这美丽的风景而暂时放下了心中烦忧。"奇峰岌前转，茂树隈中积"则写出了"奇峰"和"茂树"的特点。岭南地区的山峰非常有特色，形态各异，山峰高耸。在山水弯曲的地方形成了许多茂密翠绿的古树，这样的独特景观让诗人印象十分深刻，于是写出了如此美妙的诗句。"猿鸟声自呼，风泉气相激。"诗人在视觉描写以后又开始了听觉描写，这里能听到猿猴和群鸟的鸣叫，风声和泉水声相互激荡，一派和谐优美的自然景观激发了诗人写诗的雅趣。诗人在山水描写以后便开始咏怀。"目因诡容逆，心与清晖涤。"其目光迎上了这里奇异变化的景色，疲累的心灵瞬间得到了大自然的涤荡、净化。诗的最后三联，诗人进一步抒情，他感到自己难称纠察之职，整天为王命奔波，很疲惫。他享受这片刻的宁静，希望可以一直这样享受大自然的美丽风光，忘却尘世的烦忧。

　　张九龄在岭南山水诗创作方面有非常出色的表现。美丽的山水景色衬托出大自然的神奇，由此便能激发出诗人美好的情感和想象。

（卢雅雯）

桂林寒色在
——王昌龄《送任五之桂林》评析

送任五之桂林
王昌龄

楚客醉孤舟，越水将引棹。

山为两乡别，月带千里貌。

羁谴同繒纶，僻幽闻虎豹。

桂林寒色在，苦节知所效。

——选自〔唐〕王昌龄著，胡问涛、罗琴校注《王昌龄集编年校注》，巴蜀书社，2000 年

【评析】

　　王昌龄是盛唐著名诗人。开元二十七年（739）他获罪被贬谪到南方，第二年北归，任江宁丞。此后大约于天宝七载（748），又被贬为龙标尉。《送任五之桂林》是他写的一首送别友人去桂林的诗，此诗大约作于他在龙标尉任上。任五，即任五华，曾任桂州参佐。"之"是去的意思，所以该诗的题目意思就是送任五华去桂林，交代了写作此诗的目的和送别的对象。

　　诗的开头"楚客醉孤舟，越水将引棹"，给我们描绘了一幅

送别友人的生动情景，并且还略带一丝悲凉的氛围。"楚客"也就是迁客，在这里指的就是任五华。战国时期楚国三闾大夫屈原因遭谗见疏，于是写下《离骚》以抒发心中的悲慨之情，因此后世就把迁谪之人称为"楚客"。"引棹"则是开船出发的意思。第一联写了远谪之人在孤舟上喝醉了，将要从越水坐船出发前往遥远的地方。诗人一开始就营造出一种悲伤、凄凉之感。

"山为两乡别，月带千里貌"，简洁的景物描写却景中含情。诗人抓住了"山"和"月"这两个独特的意象，"为"和"带"这两个动词用得也非常好，有一种动态的美。并且这句诗有一种流动的时间感和空间感，诗人和友人虽然分隔两地，但是互相之间的关切之心不会被时空阻隔，他们之间深厚的友谊不会因时空的距离而消逝。

"羁谴同矰缴，僻幽闻虎豹"，写出了友人谪居之地的艰苦生活环境，同时也表现了诗人对友人能否很好地适应贬谪生活的深深担忧。"羁谴"指飘零贬谪生活，"矰缴"则是指丝织品。友人因贬谪而羁旅他乡，就如同鸟儿被箭射中、鱼儿被钩住一样身不由己。诗人用比喻的修辞手法，十分生动形象地表现了贬谪生活的艰苦和不易，以及对友人前途命运的深切忧虑。"僻幽闻虎豹"则写出了桂林一带生存环境的恶劣。古代广西桂林的地理位置十分偏僻遐远，古人认为大雁飞不过湖南衡阳的回雁峰，而宋之问在《登逍遥楼》里就写到广西这一带"北去衡阳二千里，无因雁足系书还"，可见在古人心目中这里是还未开化的蛮荒之地。广西桂林这一带本就生存条件恶劣、地理位置偏僻，气候湿热，瘴气弥漫，甚至有时还会听到令人毛骨悚然的虎豹叫声。正因如此，诗人对友人的担忧之情就更加深重了，担心友人去到这九死一生的地方就再也无法和自己见面。

"桂林寒色在，苦节知所效"，在尾联诗人进一步抒情，并且在自我勉励的同时也激励着友人。"苦节"指的是坚苦卓绝、矢志不渝。"所效"，即效力于朝廷之意。诗人对友人的嘱托是即使桂林的自然景色使人感到清寒冷落，也应该在荒僻之地坚守臣节，努力报效朝廷。可见诗人对好友真挚的情谊，哪怕自己同样是处于不得志的困顿处境中也不忘激励、劝勉友人。

（卢雅雯）

宜人独桂林
——杜甫《寄杨五桂州谭》评析

寄杨五桂州谭

杜甫

五岭皆炎热，宜人独桂林。
梅花万里外，雪片一冬深。
闻此宽相忆，为邦复好音。
江边送孙楚，远附白头吟。

——选自〔唐〕杜甫著，〔清〕仇兆鳌注《杜诗详注》卷九，中华书局，1979 年

【评析】

这是唐代诗人杜甫对桂林的咏叹。在上元元年（760）冬，为躲避"安史之乱"，杜甫弃官入蜀，漂泊成都。他的好朋友杨五（即杨谭，排行第五，故称杨五）当时任桂州刺史。成都与桂林距离遥远，杜甫得知段参军即将前往桂林赴任，故作诗《寄杨五桂州谭》一首，托段参军将其带给杨谭。杜甫没有到过桂林，但是在诗中却将桂林风光描绘得十分令人向往。

开头两句"五岭皆炎热，宜人独桂林"首先赞美了桂林宜人的天气。五岭就是在广西、广东与湖南、江西之间自西向东排列的五条山脉，五岭以南称为岭南。岭南地区气候炎烈，但是其中有一处地方即使是夏天也十分舒适，那就是桂林。"宜人独桂林"，是在"皆"与"独"之间作对比，更是突出表现了桂林气候的舒适。如果桂林仅仅只是气候条件优越，文人墨客或许不会沉醉于此流连忘返。除却气候，桂林景色也是一绝，即使是冬天也不例外。"梅花万里外，雪片一冬深。"冬日万物凋零，目之所及实在是太单调了，但是在桂林的一些地方，除了雪景，还能看到迎着寒风含苞待放的梅花，视觉体验可谓一绝。王昌龄在《送高三之桂林》中也描绘了"岭上梅花侵雪暗"的冬日盛景。

杜甫

　　在前面两联对桂林风景描写之后，后面便顺理成章进入到抒情部分。杜甫十分担心在五岭这边任职的好友，但在得知好友是在气候宜人、景色优美的桂林任职之后，他心安之下便寻找时机勉励友人"为邦复好音"，希望杨谭无论在哪里做官都要恪守为官之道。诗中最后一句"江边送孙楚，远附白头吟"，杜甫引用"白头吟"，借男女之间真挚的情感来表达自己与杨谭志同道合的友情。杜甫写此诗时历经国家动荡四处漂泊，饱经沧桑两鬓斑白，称自己的诗是"白头之人所吟之诗"也是可能的，杜甫与杨谭相隔遥远，只能将那份思念之情在诗中表达出来。尾联寥寥数语，我们看到了杜甫与杨谭之间真挚的友谊，更是看到了杜甫对于友人那一份静默的支持与无声的安慰。

（李国萍）

高处更堪愁
——戎昱《桂州西山登高上陆大夫》评析

桂州西山登高上陆大夫
戎昱

登高上山上，高处更堪愁。

野菊他乡酒，芦花满眼秋。

风烟连楚郡，兄弟客荆州。

早晚朝天去，亲随定远侯。

——选自〔清〕彭定求等编《全唐诗》卷二百七十，中华书局，1960 年

【评析】

　　戎昱是中唐诗人，湖北荆州人。他少年时期并不得志，为此曾到各地为幕僚。大历十一年（776）前后，戎昱赴桂州，任桂州刺史李昌夔幕僚。戎昱虽是湖北人，但对江南乃至岭南的风物比较熟悉。然而，毕竟是离开了自己的故乡，因而总会有一些思乡之感。这首诗歌就表现了他的思乡情怀。

　　登高本为望远，以寄托对远方之人或物的思念。古代诗人经常借助登高的题材来表现对故乡的思念。这首诗歌一开始，诗人就写自己登上西山，但是思乡之情并没有得到慰藉，反而是"高

处更堪愁"，更加浓郁。一开头就将"愁"作为诗歌的主题展现出来。既然不能解决思乡愁绪，看看眼前之景总可以吧。可是放眼望去，却只见漫山野菊和芦花。然而野菊却似他乡酒，虽纯正，但无家乡之味。芦花满眼，也尽是增添秋天的气息。"秋"即"愁"，写秋天也就是写愁绪。诗人面对满山的秋意，涌现出的却是一番思乡之情。于是就有了"风烟连楚郡，兄弟客荆州"的感慨。桂林地处广西北部，与湖南交界，也就是与过去的楚地相接了。诗人以一个"连"字，将桂林与楚地连在一起，又因为是"风烟"相连，让人有一种模糊之感，仿佛自己也已经是身在楚地了。由此又想到兄弟都在荆州，思念之情进一步加深。

但是，思乡之情只是诗人独在异乡的感受，他毕竟是生活在盛唐之后的中唐时期的文人，盛唐气象对于诗人的影响依然比较强烈，追求功名，渴望建功立业的心理仍然在他的心中占有非常重要的地位，由此发出了"早晚朝天去，亲随定远侯"的期盼。当年班超投笔从戎，在边疆建立了不朽的功勋，这种精神激励着诗人。他渴望跟随当代的"定远侯"，建立不世功勋。

戎昱在桂州期间，身为幕僚，当然还是渴望能够得到建功立业的机会。但是整首诗歌只是在最后一句，通过"亲随定远侯"的表述，含蓄地表达了自己渴望得到提携的情感。诗歌更多的是表现自己身在异乡，思念故乡的情绪。

（莫山洪）

灌阳滩冷上舟迟
——戴叔伦《宿灌阳滩》评析

宿灌阳滩
戴叔伦

十月江边芦叶飞，灌阳滩冷上舟迟。

今朝未遇高风便，还与沙鸥宿水湄。

——选自〔唐〕戴叔伦著，蒋寅校注《戴叔伦诗集校注》卷一，上海古籍出版社，1993 年

【评析】

贞元四年至贞元五年（788—789），戴叔伦曾出任容州（今广西容县）刺史兼御史中丞、本管经略使，并官终于此，故后世多称"戴容州"。

戴叔伦镇守容州期间留下的诗歌并不多，不过容州既是他政治生涯的最后一站，也是他人生的最后旅途，因此这一时期留下的文学作品尤为可贵。他的这首《宿灌阳滩》写于上任途中。诗歌中所提到的灌阳滩，在今广西灌阳县东北的灌江中。灌江发源于灌阳县境内，于广西全州注入湘江，是湘江的一级支流。灌江作为中原通往岭南地区的重要交通路线之一，很早就出现在历

史记载中，郦道元《水经注》说"（观）水出临贺郡之谢沐县界，西北迳观（灌）阳县西……又西北流，注于湘川，谓之观口也"。在古代南北交通极其不便的情况下，北来的人南下入湘江后沿灌江溯流而上，进灌阳县后，再择路到其目的地，无疑是极为明智的选择，至今灌阳县境内还存有多处古代驿道、凉亭遗迹。

诗歌的一、二句从视觉和触觉两方面作细致的景物描写。"十月江边芦叶飞"是诗人目之所及：十月的灌江边上风势极急，以至于河边的芦叶随风乱飞。次句"灌阳滩冷上舟迟"是诗人对十月秋风的触觉感受。从地理条件来看，灌阳处于五岭之一的都庞岭西麓，在其境内东、西、南三面都是高山环绕，仅北面空阔无阻，况且东西窄南北长，灌江自西南向东北贯穿全境，把全县分为东西两部分。整个地势又自西南向东北倾斜，形成一个布袋，北来的冷空气很容易进入，且长时间难以消退，所以戴叔伦写十月的灌江芦叶乱飞，符合当时的情况。诗歌三、四句是诗人当时处境的描写，因未有高风扬起，船只无法继续前行，只能夜宿于此与沙鸥相伴。十月的灌江已是枯水期，水流量小，加之灌江境内滩涂众多，不利于航行，何况戴叔伦此行是逆流而上，因此更是导致行动迟缓。这也可以理解为什么诗人七月就到了湘口，而十月仍滞留在灌阳。

从诗歌字面来看，纯是景物描写，看不到情感抒发的影子，不过结合诗人的生平遭遇及他"诗家之景，如蓝田日暖，良玉生烟，可望而不可置于眉睫之前也"的诗歌主张，我们能够读出诗人此刻凄苦惆怅的心境。诗人此时已年近花甲，体衰力弱，本无意复出，奈何皇命难违，只得辞家赴任遥远落后的容州，漂泊不定之旅与这秋后随风乱舞的芦叶如何不似？次句"上舟迟"的动作描写更是诗人内心不愿继续前行的情感流露。诗人深知，往前快一步，离家就又远一分了，因此诗人迟迟不肯上舟。诗歌第三句"高风"可分两层来看，既是实写无高风扬起，也是感叹自己无"高风"相助，无法摆脱南行之命运。第四句中的一个"还"字道尽了诗人的无奈，"与沙鸥宿水湄"则突出了滩头的荒凉，凸显了诗人此时的孤独之感。

　　总之，戴叔伦暮年辞家镇守容州，对他个人而言，是极其不幸之事。但他这一时期在粤西的文学创作可圈可点，实粤西之幸事，应当被铭记。

（石涛）

江作青罗带，山如碧玉簪
——韩愈《送桂州严大夫》评析

送桂州严大夫
韩愈

苍苍森八桂，兹地在湘南。

江作青罗带，山如碧玉簪。

户多输翠羽，家自种黄甘。

远胜登仙去，飞鸾不假骖。

——选自〔唐〕韩愈著《韩昌黎全集》卷十，中国书店，1935 年

【评析】

唐穆宗长庆二年（822），严谟以秘书监到桂林任桂管观察使。在严谟离京上任前，当时官任兵部侍郎的韩愈作为朋友为他写下此诗以赠别。韩愈是没有到过桂林的，他靠自己丰富的想象写下了这首脍炙人口的诗，将美感与经验结合，想象桂林山水的样子，以安慰、激励友人。

这首诗开篇紧扣桂林，以其地多桂树而设想："苍苍森八桂。"这是最早将桂林与八桂联系起来的记载。一般认为"八桂"的最早出处是《山海经》："桂林八树，在贲禺东。"秦汉时期"八桂"

并不是专指桂林，而是指广西中南部地区，到了唐代韩愈在此诗中明确将"八桂"指代现在的桂林，从这点来看，韩愈诗可谓"八桂"指代桂林之滥觞。"兹地在湘南"，点名桂林的地理位置。"湘"指湘水流域，即今湖南省，"湘南"自秦汉至南朝宋设置有行政区划"湘南"县，在今长沙市西南，但是韩愈诗所谓"湘南"则不是湖南，而是湘、漓源头。那么韩愈为什么不用"岭南"呢？因为"岭南"自古以来是流贬之地，地势险恶，充满瘴气，环境极其恶劣，令人恐惧，故韩愈用"湘南"而不用"岭南"；他用"八桂""湘南"来比喻桂林是人间仙境。

颔联写桂林山川之奇，首先奇在地貌。"江作青罗带，山如碧玉簪"，极为概括地写出了桂林山水的特点，这两句是千古脍炙人口之佳句，韩愈巧妙地将碧绿蜿蜒的漓江誉为仙女的衣带，将桂林的山比作女子头上的碧玉簪。南宋诗人王正功化用了这里的比喻，写出了"桂林山水甲天下，玉碧罗青意可参"，桂林山水秀丽甲于天下，韩愈用"青罗带""碧玉簪"这些女性的服饰或首饰作比喻，可以说妙极。

颈联是写桂林物产之美。"户多输翠羽，家自种黄甘"二句则写桂林特殊的物产。翠鸟是一种羽毛美丽的观赏鸟，翠鸟的羽毛可以用作工艺装饰品，非常漂亮。古时候宫廷中就使用翠鸟的翠绿羽毛做画屏的配饰，皇后戴的凤冠上也用翠鸟的羽毛做衬底。所以说，翠鸟羽毛是极珍贵的饰品，则其产地也就更有吸引力了。"黄甘"就是黄色的柑橘，是南方特产。另外这二句分别以"户""家"起，是同义复词拆用，意即户户家家，"输"为"输送"

之意，指家家户户都产"翠羽""黄甘"，对当地人来说这些都是极普通的物产，可是对于北方人来讲，这是多么新奇的事物呀！

尾联"远胜登仙去，飞鸾不假骖"，韩愈向严谟表达送行之意，"登仙"意思是"成仙"，"飞鸾"是"飞翔的鸾鸟"，严大夫此去桂林虽不乘飞鸾，也"远胜登仙"。按常理说严谟从遥远的长安来到偏远的桂林做官，远离政治中心，难免给人被贬或者被朝廷疏远的印象，严谟心里难免会伤感和失落。可是严谟要去的桂林实在是太美了，韩愈从朋友的角度出发，并没有像前人写送别诗那样伤心离别，加以安慰，而是一反常态：桂林山水如此美丽，桂林物产如此丰富，去桂林，就是去过一种比神仙还快乐的生活，令人神往，丝毫看不出分别的伤心与难过。在韩愈这首诗的影响下，"玉簪""罗带""簪带""骖鸾"等已经成为描写桂林山水的固定用语，后人在桂林建造了八桂堂、湘南楼、骖鸾阁、簪带亭、青罗阁、青带桥、胜仙门等人文景观。

（王德军）

解酒荔枝甘
——王建《送严大夫赴桂州》评析

送严大夫赴桂州
王建

岭头分界堠，一半属湘潭。
水驿门旗出，山蛮洞主参。
辟邪犀角重，解酒荔枝甘。
莫叹京华远，安南更有南。

——选自〔唐〕王建著，尹占华校注《王建诗集校注》卷第五，巴蜀书社，
2006 年

【评析】

长庆二年（822），王建时任秘书郎，是年四月，天子下诏"以
秘书监严誉（"誉"当为"谟"）为桂管观察使"（《旧唐书·穆宗
纪》），作为严谟同僚兼好友的王建于是作了这首送别诗。

诗歌首联，概括了桂州的地理位置。诗人以"岭头"起笔，
"湘潭"定音，凝练地突出了桂州地理位置之优越。桂林处于湘桂
走廊的南端，是中原与岭南联系的重要中转站，自古以来地位显
要。尤其是秦灵渠、唐相思埭等水利工程的先后凿通使用，更是巩

固了桂林联系中原与岭南的枢纽地位。在唐代，桂林已成为粤西的政治、经济、文化中心。唐诗人张叔卿有"胡尘不到处，即是小长安"（《流桂州》）之赞誉。唐人莫休符《桂林风土记》也有"增崇气色，殿若长城，南北行旅，皆集于此"的记载。颔联和颈联是诗人想象友人赴任沿途热闹的场景：所过水驿无不是门旗相迎，所经山峦莫不是洞主争参。王建虽未到过桂林，但在贞元十八年至元和二年（802—807）有过在岭南入幕府的经历，对南方地区少数民族与中原人的交流有所耳闻，所以此联所写桂管地区少数民族首领参拜到任的长官场面符合当时之实情。颈联进一步描写了当地用犀角杯喝酒以辟邪，食荔枝解酒的习俗。前三联尽写桂州之奇异，制造一种引人入胜的气氛，为尾联情感抒发作铺垫。尾联回归到送别主旨：宽慰友人，虽然此行路途遥远，比起安南及更南的地方来说，桂林是如此之好，不必过多担忧。

　　本诗最惹人注目的是颈联对桂管地区风俗、物产的描写。诗中所写之风俗当然不是当时岭南百姓的生活常态，而是对当地少数民族首领生活的描写。为什么这么说呢？犀角历来贵重，绝非一般民众能享用。岭南又盛产荔枝，荔枝虽不及犀角稀奇，不过在来自北方的王建眼中依旧是较为珍贵的一种水果，以此来解酒无疑是身份的象征。无独有偶，清人尤侗杂剧《清平调》也虚构写有唐玄宗赐李白荔枝解酒的情节，兴许是受诗句"解酒荔枝甘"之启发。

　　诗人将桂林之风俗物产化为诗句，优美又新奇，既在古代文学史上留下了浓重的一笔，又保留了唐时桂林风俗人情的直接材料，意义非凡。

（石涛）

海天愁思正茫茫
——柳宗元《登柳州城楼寄漳汀封连四州》评析

登柳州城楼寄漳汀封连四州

柳宗元

城上高楼接大荒，海天愁思正茫茫。

惊风乱飐芙蓉水，密雨斜侵薜荔墙。

岭树重遮千里目，江流曲似九回肠。

共来百越文身地，犹自音书滞一乡。

——选自〔唐〕柳宗元著《柳宗元集》第四十二卷，中华书局，1979年

【评析】

元和十年（815）春天，在经历了 10 年的贬谪生活后，柳宗元从湖南永州回到了京城长安。但没想到的是又被外放为柳州刺史，"十年憔悴到秦京，谁料翻为岭外行"。虽然柳州刺史是四品官员，且有实权，是地方的最高行政长官，较永州司马的六品来说，品阶上提升了，地位上也提升了，但是地方更加偏远了。《登柳州城楼寄漳汀封连四州》反映了这个时期的心情。诗歌以登上柳州城楼的所见，结合自己的遭遇，表达了因贬谪柳州而产生的悲愤伤感之情，表达了对友人的思念之情。

　　这首诗开篇展现了一幅荒凉的景象。登上城楼，放眼望去，城外是一片荒凉之地。登高望远，本来就有慰藉思念情绪的意图，而眼前荒凉之景又使自己产生了如海如天的愁思，景既荒凉，情又茫茫，这就充分表现出诗人孤寂而又凄凉的心境。"高楼""大荒"和"海天愁思"用词精准，既写出了荒凉的景象，也写出了孤寂的情怀，意象开阔宏大，体现了唐诗的独特风貌。

　　第二联写近景。疾风骤雨，将眼前的美好事物都摧残了。屈原《离骚》有云："制芰荷以为衣兮，集芙蓉以为裳。不吾知其亦已兮，苟余情其信芳。"又云："揽木根以结茝兮，贯薜荔之落蕊。矫菌桂以纫蕙兮，索胡绳之纚纚。謇吾法夫前修兮，非世俗之所服。"芙蓉与薜荔，象征着诗人人格的美好与芳洁。柳宗元自参加永贞革新，以"天下利安元元"为己任，自己有着美好的人格，也渴望着为国家人民做出一番事业。然而随着永贞革新的失败，他们这些有着美好品质和远大理想的人遭到了政敌残酷迫害。眼前美好事物被疾风骤雨所摧残，也正折射出诗人内心的想法。触景生情，以景抒情，柳宗元将这种传统手法与自身的遭遇、眼前之景结合起来，进一步表现了其被贬谪的苦闷心情。

　　诗歌第三联以远景描摹，再次表现出诗人的悲愤凄凉之情。登高仰望，却被岭树遮住了眼光，不能望到遥远的京城长安；俯视眼前的柳江，则江如九回之肠，蜿蜒曲折。景愈伤人，人愈伤心。柳江流经柳州，虽然也曲折蜿蜒，但也没有九曲之折。诗人正是通过这种虚实结合的写法，将内心的那种惆怅表现出来。"九回肠"虽是眼前景，却更象征诗人愁结百肠的心境，更具有形象

柳宗元

性，体现了这首诗歌对苍茫意境的追求。值得注意的是，这也是柳江意象第一次出现在古代诗人的诗歌之中。柳宗元对柳江的第一次描写，不但写出了柳江的形，还将自己的情感与柳江的形相结合，写出了作者赋予柳江的"神"。

身处这岭南的荒凉偏僻之地，即使登高望远，也是不可能看到同遭贬谪的友人的，于是有了"共来百越文身地，犹自音书滞一乡"的忧思。"音书"与诗题中的"寄"相照应。望朋友而不见，当然就只有依靠书信往来传达情意。但是书信又是否能寄出呢？是否又能收到呢？这就进一步加深了诗人的惆怅之感。由于诗歌在写景抒情上既贴合眼前之景，又结合了自己的心情，既有实写，也有虚写，在艺术上达到了很高的成就，因而，这首诗历来也为人们所传诵。

（莫山洪）

种柳柳江边

——柳宗元《种柳戏题》评析

种柳戏题

柳宗元

柳州柳刺史，种柳柳江边。

谈笑为故事，推移成昔年。

垂阴当覆地，耸干会参天。

好作思人树，惭无惠化传。

——选自〔唐〕柳宗元著《柳河东集》卷四十二，上海古籍出版社，2008 年

【评析】

《种柳戏题》这首诗以戏谑的语气描绘了柳宗元在柳江边种柳树的经历。柳宗元因永贞革新失败，在"二王八司马"事件中先被贬为永州司马，后在元和十年（815）又被贬为柳州刺史。被贬柳州之后，柳宗元变得愈发消沉，他年轻时的批判和战斗精神大大地削弱了。正是在这种消沉的心情下，柳宗元创作了《种柳戏题》这首"戏作"，一方面抒发了自己被贬柳州的郁闷，另一方面也表达了自己希望为柳州经济文化发展做出贡献的心愿。

这首诗第一、二联首先以戏谑的语气描写了柳宗元赴任柳州刺史的原因。第一联用了四个柳字，且在短短十个字中用了七个

仄声，从表面上看是犯了诗歌声律上的大忌讳，但其实是柳宗元为了表现出一种戏谑诙谐的效果而有意为之的，他认为朝廷把自己贬到柳州，大概只是因为自己的姓氏与柳州的州名相同罢了。所以他接着戏谑道，自己这位柳刺史在柳江边种柳树，将来应当会成为人们茶余饭后的一个谈资吧。

柳宗元在诗的第三、四联则表达了他希望自己种下的柳树能够成长一棵参天大树，为柳州百姓遮风挡雨，造福一方。柳宗元笔下参天的柳树不仅仅是柳树，还象征自己在柳州的治理成果。虽然被贬柳州实属无奈，也使得柳宗元意志消沉，但他还是希望自己能为柳州百姓做出一些贡献，这样也不枉自己担任刺史一职。而此诗最后一联则出现了"思人树"的意象，所谓"思人树"，指的是西周燕召公奭曾经的判案场所旁的一棵甘棠树，由于燕召公有惠于百姓，深得人心，所以当燕召公死后，人们都不舍得砍伐这棵树，后人便以"思人树"来形容官员的政德。柳宗元用了燕召公思人树的典故，以表达自己在任职期间造福百姓的决心。

虽然柳宗元在《种柳戏题》最后一联中认为自己没有什么美好的政绩值得流传，但实际上柳宗元为柳州的发展做出了非常大的贡献。在柳宗元担任柳州刺史期间，柳州百姓安居乐业，经济状况得到了很大的好转。作为一个地方长官，他用尽毕生的才能和心血，造福一方百姓，为柳州的发展做出了不可磨灭的贡献。尽管屡次被贬，政治理想再也不可能实现，但柳宗元到底没有忘掉他身为一个地方官员的本分，心怀百姓，仁政爱民，不与世俗同流合污。柳宗元勤政爱民、廉洁奉公的精神也正是他在广西给后世留下的伟大精神财富。

（肖悦）

常叹春泉去不回
——李渤《留别南溪》（其一）评析

留别南溪（其一）
李渤

常叹春泉去不回，我今此去更难来。

欲知别后留情处，手种岩花次第开。

——选自〔清〕彭定求等编撰《全唐诗》卷四百七十三，中华书局，1960 年

【评析】

　　宝历元年（825），由于李渤上书直言皇上倚重宦官、执法不公，唐敬宗大怒，贬李渤为桂管观察使。从唐敬宗宝历元年（825）出任桂州刺史兼桂管观察使到唐文宗大和二年（828）因病归洛阳，李渤在桂林待了四年。

　　桂林南溪山景色秀丽。李渤在公务之余，游历开发了桂林的隐山和南溪山两处风景区，还将开发南溪山的情况都翔实记录并铭刻于元岩上的《南溪山诗并序》中。序中描绘了李渤发现南溪的奇岩碧水，风景如画，喜不自胜，如获至宝，于是组织人进行实地开发。可以说，李渤是当之无愧的开发南溪山的第一人。此后，"南溪"二字就与李渤结下了不解之缘。在桂林石刻中唐代

的石刻并不多见，而李渤就留下了几方石刻佳作。在南溪山白龙洞口石壁上的摩崖石刻中就以正楷字书写了《留别南溪》全诗，字迹清晰，笔力遒劲，记载了一千多年前李渤离开桂林时对南溪的依依不舍之情。

诗的开头两句便直抒胸臆，感叹岁月不待。春天的新泉悄然到来，但李渤马上就要告别桂林了，而此次离别，恐怕再也无法见到新泉了。"更难"二字道出了他内心的无奈、心酸与不舍。诗的最后两句将离别的心情直接寄托在"岩花"的身上。如果后人想找到李渤与南溪山感情牵绊之处，就去找他亲自种下的岩花吧，岩花依次盛开的地方，就是他最不舍的南溪留情处。即将离别，他决定以花寄相思，山上的花儿还会继续开放，年复一年守

《留别南溪》崖刻

护着他深爱的南溪。全诗虚实结合，前两句中"春泉去不回"为实景，后两句中的"岩花次第开"是李渤想象的场面，是虚景。李渤看到眼前春泉的一去不复返黯然神伤，但一想到他日亲手种下的岩花盛放之景时又重新燃起了希望，对眼前实景的描摹暗喻离别，更深一层表现了李渤的深情。诗歌语言平白如话，通俗易懂，李渤没有过多着墨于描绘南溪的风景，而是借物抒情，寄托相思于"春泉"和"岩花"之上，用最浅显的语言表达了最深的不舍之情。

李渤在诗中运用"春泉"这一"水"意象是留别诗中最常用的意象。明代张鸣凤在《桂胜》一书中就谈及南溪山的新泉与李渤的深情所系："唐李公渤爱其映带溪流，特于玄岩、白龙多所穿筑。白龙之前，溪水澄碧。中有泉出，是为新泉，亦公之所凿。自殚精思，制序缀诗，及去桂之际，留题致意。"正因为新泉是李渤亲自开凿修建，所以在诗中他借"春泉"这一水意象表达离别之情。

李渤离别桂林时写了两首诗，一首是《留别南溪》，另一首是《留别隐山》，诗云："如云不厌苍梧远，似雁逢春又北归。惟有隐山溪上月，年年相望两依依。"据记载，此诗原本刻于隐山北牖洞口的石壁之上，可惜石刻今已不存，但原诗保存下来了。诗的最后两句"惟有隐山溪上月，年年相望两依依"深切地表达诗人盼望能变成月亮，年年与桂林相守相依之情。这两首诗都是李渤离开桂林之际所作，充分表达了他对桂林山水的不舍和眷恋之情。

（林虹伶 李宇星）

偶脱嚣烦趣
——元晦《越亭二十韵》评析

越亭二十韵
元晦

乏才叨八使，徇禄非三顾。

南服颁诏条，东林证迷误。

未闻述职效，偶脱嚣烦趣。

激水浚坳塘，缘崖歆磴步。

西岩焕朝旭，深壑囊宿雾。

影气爽衣巾，凉飔轻杖履。

临高神虑寂，远眺川原布。

孤帆逗汀烟，翻鸦集江树。

独探洞府静，况若偓佺遇。

一瞬契真宗，百年成妄故。

屧颜石户启，杳霭溪云度。

松籁韵宫商，鸳鹭势翔溯。

津梁危彴架，济物虚舟渡。

环流驰羽觞，金英妒妆嫭。

箛吟寒垒迥，鸟噪空山暮。

怅望麋鹿心，低回车马路。

悬冠谢陶令，褫佩怀疏傅。

遐想蜕缨緌，徒惭恤襦裤。

福盈祸之倚，权胜道所恶。

何必栖禅关，无言自冥悟。

——选自〔清〕彭定求等编《全唐诗》卷五百四十七，中华书局，1960 年

【评析】

桂林叠彩山北牖洞内有刻记云："《越亭二十韵》乃唐会昌中桂林刺史中丞元晦之作也，迄今数百年，亭改为阁，而勒诸岩石者，迥然不磨。"元晦在桂林任职期间颇有政绩，曾组织人力开发叠彩山，修筑登山道路，营造亭阁，栽种花木，因而越亭周围的景色十分宜人。

本诗第一部分为前十句，作者自谦为不善于应付各种事务且智谋不足的人才，但是被任命"八使"的官职。此处涉及两个典故：一是"八使"，指汉顺帝时的周举、杜乔等八人同日拜使，巡行州郡，借用说明作者的身份是奉命视察风俗。二是用典"三顾茅庐"，强调自己并非像诸葛亮一般有智谋，而是为了求取俸禄做了官。面对公务上使人心烦的纠缠，作者决定去户外寻找乐趣，"激水""池塘""悬崖""岩石""朝阳""沟壑""迷雾"，朦朦胧胧，如仙境一般。

第二部分为十一句至二十句，作者继续观赏景物，重点描写清晨的所见所闻。朝阳升起，迷雾逐渐消散，清新的空气、徐来的凉风让人倍感舒适。远处江上的孤舟招引汀洲中的烟雾，乌鸦都驻停在江上枝头。后面两句虚实结合，写作者独自前往岩洞探寻，仿佛遇见了仙人一般。

第三部分为二十一句至三十句，承接上文的日景，作者用视听结合的方式继续描写户外之景。日暮时分，看见巍峨高耸的山脉，深远的云层和绵延的溪流，周围房屋建筑的两端似鸳鸯的翅膀一样向着天空，远处的独木桥高高架起，桥下小舟飘过。听见风儿吹动松树叶，发出的声响如音乐一般，吹奏胡笳的声音萦回旋绕，空谷中鸟儿鸣叫，愈显幽静。

第四部分为最后十句，作者述说其在归途中惆怅迷惘的心境，徘徊在回去的路上，想要与麋鹿为伍的情趣，表达了诗人想要归隐的想法。接着作者借用"陶令""疏傅"再次表达归隐的意愿，"陶令"指陶渊明，归隐田园，"疏傅"指西汉疏广和疏受叔侄，于荣显中同时称病引退，退出官场。诗最后指出想要隐居田园这种想法是不切实际的，因为其内心还牵挂着百姓。最后几句发出感叹，表达内心无奈之情。

此诗情景交融，景物方面，自然清丽、虚实结合、色彩缤纷、动静视听结合；在情感方面，作者表达想要辞官隐居的愿望，心中充满无奈惆怅之感；在语言方面，运用朴实平淡的语言，加入并不晦涩难懂的典故，明白晓畅，平实浅近，同时又精练准确，实乃"冲淡简古，诚一代之绝唱"。

（李宇星）

生度鬼门关
——李德裕《谪崖州过北流鬼门关作》评析

谪崖州过北流鬼门关作
李德裕

一去一万里，千知千不还。

崖州在何处？生度鬼门关。

——选自〔唐〕李德裕撰，傅璇琮、周建国校笺《李德裕文集校笺》，中华书局，2018 年

【评析】

鬼门关是古代通往钦州、廉州、雷州、琼州和交趾的重要交通要道，在今广西北流市西南，介于北流和玉林两市之间，双峰对峙，中成关门。因为其地形像一个阴森恐怖的关卡，路过此关的人担心难以生还，所以取俗名为"鬼门关"。

初唐的沈佺期贬谪到驩州，经过鬼门关时写过《入鬼门关》。真正让鬼门关闻名天下的是唐朝宰相李德裕。武宗去世后，宣宗即位，李德裕的宰相之职被罢免，先是被贬为潮州司马，大中二年（848）被贬为潮州司户，之后又被贬为崖州司户。他去往崖州路上途经鬼门关时，回想起前尘往事，感慨人事变迁，顿时心生悲凉，于是挥笔写下《谪崖州过北流鬼门关作》，诗中的"崖州在何处，生度鬼门关"两句后世广为流传。

　　诗歌开头两句用"万里"写出他被贬岭南的路途之遥远，"千知"写出所有贬谪者没有一个活着回来的绝望。第三句以疑问语气询问崖州的地点，坦率直言前途的渺茫，他追问的不仅是崖州在何处，更是政治前途和生命在何处，写出了诗人内心的悲凉之情。崖州远离京城的政治中心，过了鬼门关就是岭南更加凶险的地域，也许他再也无法重返京师了。最后一句点出了鬼门关。由于鬼门关"尤多瘴疠，去者罕得生还"，诗人的担忧和恐惧之情

◆ 天门关石刻

油然而生。传说鬼门关瘴气滋生，蚊虫鼠蚁繁多，夜里雾气笼罩，鸦雀悲鸣，所以一般人一听到"鬼门关"三个字都毛骨悚然，而诗人还要路过此关，"生度鬼门关"庆幸自己过了鬼门关竟然还活着，但是以后就不知道了，这写出了诗人的绝望和痛苦。幽怨之情出以忧伤之笔触，感伤之心融入险危之景象，传达出李德裕对政治前途和自身生命的深切感悟。

随着鬼门关的名气越来越大，为了避免戾气，明宣德四年（1429）鬼门关改名为天门关，当时有人在石壁上刻了"天门关"三个大字，旁边题了小诗："行行万里度天关，天涯遥看海上山。剪棘摩崖寻旧刻，依然便拟北流还。"如今，"天门关"三个大字依然保留完好，而小诗因为历史久远，字迹已漫漶不清。

在古代，有很多被流放的官员都要经过鬼门关，这些官员本来就因为长途跋涉而身体欠佳，再加上环境恶劣，官员们在这里熬不了多久就去世了。经过文人骚客的渲染，"鬼门关"更加令人闻而生畏。如今，"鬼门关"已经成了一个代表生死的文化符号，从最初的特指具体的关口，到后来发展成泛指传说中阴阳交界的关口，被广泛运用于后世的文学作品中，比喻凶险的地方或不易渡过的难关。鬼门关，这历经千年流变，令无数文人墨客恐怖的地界，如今仍然矗立在广西北流市郊外，静候着人们亲临此地，感受骚人贬官笔下的"幽深可怖"。

（林虹伶）

江宽地共浮
——李商隐《桂林》评析

桂林
李商隐

城窄山将压，江宽地共浮。
东南通绝域，西北有高楼。
神护青枫岸，龙移白石湫。
殊乡竟何祷？箫鼓不曾休。

——选自〔唐〕李商隐著，刘学锴、余恕诚点校《李商隐诗歌集解》，中华书局，2004年

【评析】

　　大中元年（847），李商隐随桂管观察使郑亚来桂林做判官。他到桂林的时候，正值桂林每年漓江涨水的雨季，这首诗就是在目睹了桂林大水后写成的。

　　从京师来到韩愈所描写的"水作青罗带，山如碧玉簪"的桂林，李商隐却看到了完全不同于韩愈描写的景象。所到之处如何呢？"城窄山将压"，城很窄小，被山围得严严实实，仿佛山要把城挤压住一样。桂林古城原来是唐代李靖和宋代蔡襄先后修筑

的。其中的子城环绕着独秀峰，方圆仅有三里，而外城六里，所以，这座城并不大。诗人所居住的地方大约在今天距离独秀峰以北介于伏波山与叠彩山之间的地方。独秀峰苍苍耸立，此外，伏波、叠彩、老人、象鼻诸山又环在衙署周围，于是给人一种"压"的视觉和感受。诗人来的时候正是端午节，初夏江水涨得厉害，放眼看去，江水宽阔无边，江中的伏龙洲、訾家洲、蚂蝗洲仿佛在江面浮动，于是有了"江宽地共浮"的生动画面，"浮"字尤为传神。

诗人寥寥几笔，就勾勒出刚到桂林的印象，于是又联想到桂林在岭南的重要地理意义。他下笔千钧，写出"东南通绝域，西北有高楼"。桂林地处古严关之南，湘漓之水作为南北水运交通重要通道，沟通了中原与岭南，向来是岭南重镇。在唐代，从桂林一出东门，再沿漓江往东南下，即可通往广西的其他地方。这样看来，李商隐对于桂林的重要地理位置是有深刻认识的。"西北有高楼"，这里是用《古诗十九首》的成句"西北有高楼"。这耸立在西北方向的是什么楼呢？应该是桂州城北的城楼。此处也可能是借指当时桂林的逍遥楼。据史料记载，武德四年（621），岭南道抚慰大使兼检校桂州总管李靖以独秀峰为中心修建了"子城"，而逍遥楼就位于子城东墙之上，东江门与行春门之间。凡北方谪客南来，途经此楼，皆会酾饮酬唱，留下许多脍炙人口的经典作品。

诗人初到桂林，无心去描写桂林的美景，回到现实，看到当地百姓端午赛龙舟前祭祀祈祷神灵护佑——"神护青枫岸，龙移白石湫"。青枫岸所处位置在桂林北四十里，这里特指青枫桥一带的堤岸。而白石湫则在桂林北二十里，又叫白石潭。从记载的位置来看，二者都在漓江的上游地段。这两句应是回忆在进到桂林城前在船上看到的景象。"殊乡竟何祷，箫鼓不曾休"写了桂林民间扒龙船前的祷告民俗。李商隐有一篇写于大中元年农历六月十四日的祭文《为中丞荥阳公桂州赛城隍文》，是向桂州城隍祷告祈求雨止天晴。由此推知，这种祷告神灵的形式应该是以地方官员为主导的。实际上，李商隐刚来桂林时，对于桂林的龙船习俗知之甚少。在旧时，桂林的扒龙船，还有在庙里日夜唱龙船歌，敲锣打鼓的习俗，所以诗人才会说"殊乡竟何祷？箫鼓不曾休"。

（高文绪）

家多事越巫
——李商隐《异俗二首》评析

异俗二首
李商隐

一

鬼疟朝朝避，春寒夜夜添。

未惊雷破柱，不报水齐檐。

虎箭侵肤毒，鱼钩刺骨铦。

鸟言成谍诉，多是恨彤襜。

二

户尽悬秦网，家多事越巫。

未曾容獭祭，只是纵猪都。

点对连鳌饵，搜求缚虎符。

贾生兼事鬼，不信有洪炉。

——选自〔唐〕李商隐著，刘学锴、余恕诚点校《李商隐诗歌集解》，中华书局，2004 年

【评析】

据《异俗二首》内容来看，其大致写于李商隐代理昭州（治所在今广西平乐县）后。此诗不仅对异俗有纪实性，还有诗人的暗讽和批判。

诗人写诗当在春寒料峭的时候，这时候昭州还很冷。所以他说"鬼疟朝朝避，春寒夜夜添"。当时的昭州比较蛮荒，在这样的情况下，"鬼疟"突袭，人们怕被传染，只得相互躲避。在这样的时节，雷击破柱看来已经成为常事，没有人会觉得惊奇。如果说人们对自然现象习以为常，那么"水齐檐"可就是很严重的事情了，但是即使如此，依然"未报"，这里隐含了诗人的愤懑，以及对官吏的态度的讽刺。再看眼前景象，"虎箭侵肤毒，鱼钩刺骨铦"，村民们的"殊音"本来可骇，在这里"鸟言"虽然难懂，但是隐约可以感受他们是在抱怨，那么抱怨的对象是谁呢？从"多是恨彤襜"可以看出，"彤襜"比喻来此地为官的人。然而，诗人此时是代理郡守，是不是也包含自己在内呢？这就得细读第二首诗了。

李商隐始终是关心苍生的。第二首诗的首句"户尽悬秦网"用了"秦网"二字，因为广西网罟之利始于秦，这表明当时昭州的生产方式尚处于原始落后的状态。由于人民生产方式落后，思想传统闭塞，所以"家家事越巫"，妄图通过"巫师"来解除病痛和灾难。这里诗人描写了当时百姓的遭遇。同时也写出了当时这里巫风盛行。"未曾容獭祭，只是纵猪都"意味无穷，这究竟是指代什么呢？我国古代将雨水分为三候："一候獭祭鱼；二候鸿雁来；三候草木萌动。"这里"獭祭"喻指人民生产之事，连基本的营生方式都"未曾容"，让人忽然明白了人们为何会"恨彤禤"。那么此州何以竟然成了"猪都"？极言动物与人争食，而州郡不采取措施，这里似乎把矛头指向了管理者。也可以理解为诗人运用了比兴手法，"猪都"指鱼肉乡民的土豪恶霸，即被昔日"彤禤"所纵容的"猪都"们。"未曾容""只是纵"对比态度鲜明。"猪都"也有诗人的讽刺，讽刺他们"肉食者鄙"。这几句交代了昭州治理问题的根本，以及造成百姓苦难的原因，流露出李商隐对昭州官吏的不满。面对这种情况怎么去改变呢？当地人"点对连鳌饵"，他们认为大雨是鳌兴风作浪的原因，所以要通过检点制服鳌的饵料平息水患。"搜求缚虎符"，相传道家有制虎豹符，想通过求符来禁虎患。"贾生兼事鬼，不信有洪炉"，此处"贾生"可能是指代诗人自己。李商隐的诗中常常用贾生自比，这可能是诗人自嘲。李商隐在桂幕时期经常为各地的各种民间祭祀写文章。诗人当时在昭州做官，也不得不"兼事鬼"，因为当时此地的人不相信"有洪炉"，即不信天地造化的自然道理，于是"事越巫"之风就自然可以理解。

　　李商隐在《异俗二首》中为我们展现了唐代昭州的真实状况，有补史之用，这对我们今天研究昭州历史和民俗有很大的参考价值。

（高文绪）

玉簪恩重独生愁

——曹邺《碧浔宴上有怀知己》评析

碧浔宴上有怀知己

曹邺

荻花芦叶满溪流，一簇笙歌在水楼。

金管曲长人尽醉，玉簪恩重独生愁。

女萝力弱难逢地，桐树心孤易感秋。

莫怪当欢却惆怅，全家欲上五湖舟。

——选自〔唐〕曹邺著，梁超然、毛水清注《曹邺诗注》，上海古籍出版社，1982 年

【评析】

碧浔亭在桂州，由时任桂管观察使的韦瓘所建，亭馆十分雄伟壮丽。韦瓘年少成才，21 岁就中了进士。即使他这么有才略却仍然仕途坎坷，一腔抱负无处施展，心灰意冷决心归隐。坐在碧浔亭的曹邺此时也有些感同身受。

出生于阳朔的诗人曹邺此时已为官多年，本想着为国家施展一身的抱负，但晚唐的社会政治情况，已经不是他一个小官能够改变的了。《碧浔宴上有怀知己》所说的"知己"可能指的就是

韦瓘了，认为韦瓘同他一样都是极有才气之人，想要改变国家政治现状，但无能为力。晚唐时期"牛李党争"十分激烈，这场统治阶级内部的党派斗争，导致社会各种矛盾也开始趋于尖锐化，无数有才德之人都沦为牺牲品。曹邺对这种官场现状感到厌倦，坐在碧浔亭中便想到了建造这座亭子的韦瓘。曹邺将韦瓘视为知己，韦瓘罢归洛阳，行前登临亲建的碧浔亭，作有一首《留题桂州碧浔亭》："半年领郡固无劳，一日为心素所操。轮奂未成绳墨在，规模已壮闾阎高。理人虽切才常短，薄宦都缘命不遭。从此归耕洛川上，大千江路任风涛。"面对此情此景，曹邺此时也已经心生退意，有了归隐山林的想法。

曹邺在首联描述了碧浔亭的美景美色。荻花芦叶随着溪水漂流，水边阁楼上响起一阵阵的笙歌。古时一些豪门大户或者公子王孙，在宴请时通常会请当地有名的乐伎来奏乐歌唱，曹邺与友人们在碧浔亭上听着美乐欣赏美景。作者在诗歌的一开头就铺设了一个纵情享乐的情景，但选择用"荻花"和"芦叶"蕴含着悲凉孤苦意味的两种意象，为下文作者抒发自己的孤苦之情做了铺垫。

尽管曲子悠长，人们听得都如痴如醉，但自己现在产生了一股愁苦之情。颔联运用了对比的手法，在这种笙歌高奏、宴饮欢畅的氛围中，身边"人尽醉"，而曹邺却坐在其间"独生愁"。作者以参宴众人的醉心享乐来反衬自己格格不入的孤独之情。此时作者内心是十分彷徨伤感的，纵然身处如此欢愉的场景也无法缓解。

　　女萝力量太弱难以连延地面，梧桐树内心空孤容易感到悲伤。曹邺以"女萝"和"桐树"自拟，写出了当时的状况：孤独忧愁，秋风瑟瑟，风吹梧桐，一片凄凉。在这个感伤的秋日里满目是孤苦凄凉的物象，更加让人感到孤独惆怅。

　　在前面抒发了自己的伤感之后，曹邺在尾联透露了自己内心的向往。不要怪我在如此欢愉的氛围里却内心生出惆怅之情，希望能够带着全家人乘着五湖舟远离这一切的世俗喧嚣。范蠡辅佐勾践勠力策谋，助其报仇雪耻之后，乘坐五湖舟归隐市井之中。曹邺以"上五湖舟"来表达自己想要归隐的决心。

　　曹邺说是在碧浔亭上感怀知己，但宴会上的友人无一是知己，他坐在一片热闹之中，内心却只感到与场景格格不入的孤独。处笙歌美景中，想到的却是这座亭子的建造者，心灰意冷辞官归隐。面对眼前的浮华之景，曹邺内心却无法掀起一丝波澜，只希望能够像范蠡、韦瓘一样弃官归隐，远离官场上的黑暗争斗，追求理想中自由平静的安闲生活。

（曹文怡）

桂林须产千株桂
——曹邺《寄阳朔友人》评析

寄阳朔友人
曹邺

桂林须产千株桂，未解当天影日开。

我到月中收得种，为君移向故园栽。

——选自〔唐〕曹邺著，梁超然、毛水清注《曹邺诗注》，上海古籍出版社，1982 年

【评析】

曹邺青少年时期在阳朔度过，年少时勤奋好学，在经过乡试州考后，23 岁离开桂林前往长安求仕。他在长安应考十年，九次落第，最后以《四怨三愁五情诗十二首》自荐，得到了中书舍人韦悫赏识。韦悫将其推荐给礼部侍郎裴休，因此曹邺如愿以偿中了进士，成为桂林历史上第一位进士。入仕后，曹邺曾任天平节度使推官、太常博士、礼部主客员外郎、祠部郎中等职务，因为对官场黑暗的现实感到失望选择辞官南归，回到了故乡。曹邺在中进士后仍然不忘故乡阳朔，希望家乡的学子们能够勤奋学习，为家乡带来荣耀。在长安沉浮十年的曹邺深谙科考之路的艰辛，

所以写这首诗《寄阳朔友人》来勉励家乡阳朔的学子。此诗或是作于曹邺中举之后，以诗告知故乡亲友"中举"这个好消息。

首句"桂林须产千株桂，未解当天影日开"，意思是桂林就应该有千万株桂树。表面上看来是说桂林就应该有成千上万的桂树才不辜负桂林这个名字，但唐代人们常用"蟾宫折桂"来表示学子中举，此处也表达了曹邺对家乡无人中举的遗憾之意。"我到月中收得种，为君移向故园栽"，此句曹邺暗喻自己就如同这桂树种子一般，在阳朔生根发芽，很快阳朔会有更多的学子像他一样蟾宫折桂，光耀门楣。《寄阳朔友人》诗里寄托了曹邺对故乡学子能早日金榜题名、荣归故里的殷殷期盼。果然，在曹邺之后，桂林学子源源不断入京赶考并传来好消息，如赵观文和王世则等人先后考中状元，进士更是数不胜数。

曹邺是桂林历史上第一位进士，也是阳朔的文化名人。阳朔有曹邺的文化遗存，其中最有名的当属曹邺读书岩。该岩洞位于阳朔县天鹅山，相传曹邺年少时常到这个岩洞里苦读。读书岩岩口的石壁上刻有"曹邺读书岩"五个大字，洞中仅有一张石桌与一张石凳，古朴又简单。读书岩见证了桂林历史上第一个进士的成长，也见证了曹邺南归后"扫叶煎茶摘叶书"的闲适生活。后人们常来此处寻访历史、追忆古人，明代学者解缙曾有诗《题读书岩》："阳朔县中城北寺，人传曹邺旧时居。年深寺废无人住，惟有石岩名读书。"此诗也被后人刻在读书岩外的岩壁上。除却读书岩，后人们也曾在读书岩旁边修建曹公祠与曹公书院，但是都因年久失修而不复存在，今天鹅山仅剩下读书岩与解缙所作的

诗，但依然阻挡不了人们来此处凭吊、缅怀曹邺的热情。

一方水土养一方人，曹邺如同一颗种子将中举的希望撒播在桂林这片土地之上，让桂林在唐及以后的朝代科举榜上占据一席之地。作为广西诗风的开创者，曹邺对广西在唐代文坛中占据一席之地做出了巨大的贡献，激励着无数奋发的学子。

（李国萍　曹文怡）

苍梧风暖瘴云开

——曹唐《南游》评析

南游

曹唐

尽兴南游卒未回，水工舟子不须催。

政思碧树关心句，难放红螺蘸甲杯。

涨海潮生阴火灭，苍梧风暖瘴云开。

芦花寂寂月如练，何处笛声江上来？

——选自〔唐〕曹唐撰，陈继明校注《曹唐诗注》，上海古籍出版社，1996 年

【评析】

以"山水甲天下"驰名的桂林，人杰地灵，曾名噪一时的唐代"桂州三才子"——曹邺、曹唐、赵观文都是桂林人。曹邺和曹唐又被后人并称为"二曹"，他们的创作推动了唐代桂州文学的发展，可谓是桂林的文化名人。两人的诗风多有差异，但涉及家乡的诗作大都洋溢着热爱之情。此类作品虽少，但是读之亲切，更觉可贵。曹唐的《南游》一诗，构思新奇，更是别有一番趣味。南宋计有功《唐诗纪事》卷五八曾记载曹唐小传云："唐，字尧宾，桂州人。初为道士，后为使府从事。"《广西通志》中也有曹

唐墓在桂林的记载。曹唐脱离道士生涯后前往长安应试，并在唐敬宗宝历元年（825）同严公素一起前往容州应辟。唐朝时赴容州多从漓江南下至梧州，转道藤州，溯北流江到容州。这首《南游》就是曹唐前往梧州应辟时在途中所作。

曹唐一生游历过很多的地方，但是他对广西一直有着特殊的感情，对广西的美景也格外偏爱。首联诗人便直抒胸臆，直接表明了南游时对沿途风景的喜爱和高昂的兴致。"尽兴南游卒未回"写了诗人和好友南游时兴致很高，迟迟没有上岸，"水工舟子不须催"：开船的船夫请不要催促我们，我对眼前的美景无限留恋。只读首联就能感受到诗人轻松愉悦的心情和对沿途美景的喜爱。诗人乘着一叶扁舟驶向苍梧郡，沿途的风景使他沉醉，玩得"尽兴"之余，不思归家，也希望船夫不要催回。颔联写诗人在船上和友人饮酒作乐，交谈甚欢。"政思碧树关心句，难放红螺蘸甲杯"，"难放"这一动作描写突出了诗人和友人攀谈热烈，兴致很高。这二句正是对首联"不须催"的解释。这一句中，曹唐用了一些晦涩难懂的词语，比如："红螺"是一种螺，中间镂空，可以当作酒器，用来盛酒。"蘸甲"则是一种喝酒的习俗。古人先把酒斟满，端酒时用拇指蘸酒，然后将指甲上的酒弹向酒友，表示这是满杯酒，喝酒之人最好一口闷。诗人之所以如此流连忘返，是因为苍梧江边有嘉树可以吟咏，还有红螺酒杯可以肆意，仕途的不平皆被抛却脑后。

颈联和尾联都是写景。颈联"涨海潮生阴火灭，苍梧风暖瘴云开"，一"灭"一"开"在这一联中的运用十分巧妙，既暗示了诗人和友人游览的时间很长，也烘托出了惬意欢乐的氛围。后二联皆写南游途中的景色，诗人想象力格外丰富，关注到的不是寻常景，而是涨潮、风起、阴火、瘴云这些常人很少在意的意象。诗人远观南海的潮涨潮落，看见了海面的"阴火"。据晋朝王嘉《拾遗记·唐尧》记载，西海的西边有一座山叫浮玉山。山下有巨穴，穴中有水，水的颜色就好像火一样。"阴火"是海水被染成红色的现象。当南海涨潮时，暗红色的"阴火"被海水淹没，因而有了"涨海潮生阴火灭"一说。此外，虽然梧州气候宜人，但曾受到瘴气困扰。诗人用苍梧暖风吹开"瘴云"表示瘴气已经不足为惧，此中也展现了他对于家乡的无限热爱。

尾联也是景物描写，随着时间的推移，"芦花寂寂月如练，何处笛声江上来"，这一联以动写静，十分巧妙。在月光的照耀下夜晚的江上已经十分安静了，只能隐约地听见远处传来的笛声，江上的笛声更衬托出了夜晚静谧的氛围。傍晚来临，月色如练，诗人置身于一派祥和的江水风光下，望芦花寂寂，听笛声悠悠。

（张雅琪　杨兆涵）

宋代：发现粤西美景

两峰拔地镇南夷
——周渭《游兼山》评析

游兼山
周渭

插空峭壁白云迷，独上高巅万象低。
一路接天连楚界，两峰拔地镇南夷。
泉飞石涧游魂冷，风卷松涛匹马嘶。
踏破层崖心未折，凤凰山后鹧鸪啼。

——选自〔清〕陆履中等《恭城县志》，成文出版社，1968年

【评析】

　　周渭，字得臣，广西恭城县人。南汉乾和十六年（958），年仅17岁的刘铱继位，这位南汉的后主昏庸残暴，肆意征收苛捐杂税，官吏在乡间横征暴敛，整个岭南民不聊生。在这样的局势下，周渭辞别妻子，率领六百乡邻翻越大岭山，打算前往零陵（今湖南永州）避难。这首《游兼山》就是周渭在前往零陵的路途中，翻越兼山时所创作的诗歌。兼山，又名南山，因山顶分两峰，亦名兼山、银锭山，地处广西恭城县平安乡、三江乡交界处。

　　诗的第一、二联描绘了兼山磅礴雄伟的气势。周渭登上兼山

之后，俯瞰周围群山，体会到了"一览众山小"的感觉，这时的森罗万象在他的眼中都变得很低矮了。兼山有两座高耸的山峰，要翻过兼山前往湖南，就必须从两座高峰之间的深壑穿越而过，地势十分险要。因此，这两座拔地而起的山峰在周渭看来就如同扼守于此处的雄伟关隘，对岭南的交通有着举足轻重的作用。

诗的第三、四联则刻画了翻越兼山时诗人的内心感受。诗人在翻越兼山时，眼前的景象除了幽咽的泉水和苍翠松柏，还有游荡于此的孤魂和无止尽的狂风，景象十分凶险。这是因为途经此处之人几乎都是为了逃难，而逃难之途必然是艰险万重的。然而周渭却没有为眼前凶险的景象而畏惧，他仍然怀抱着高昂的情志，雄心"未折"，唯有凤凰山旁啼叫的杜鹃唤起了他对家乡和家人的思念。这杜鹃的啼叫声仿佛是周渭今后命运的写照。满怀壮志的周渭离开恭城之后，接近30年都没能再次回乡，没能再见到滞留在恭城的妻儿。

周渭此行并不顺利，他和同行的六百位乡亲还没到达零陵，就在半途遇到了叛乱，无法继续前行，只好返回恭城。然而刚刚回到恭城，周渭一行人发现他们的房屋早已被当地官吏焚烧殆尽，他们只好逃往道州（今湖南道县）。众人在逃往道州的路上又遇到了山贼，只有周渭孤身一人得以脱身北上，到达了开封府（今河南开封）。周渭在开封府受到了皇帝赵匡胤的赏识，在多地担任要职，一直没有回到恭城。直到太平兴国二年（977），周渭被任命为广南诸州转运副使，才得以返乡，见到了分离近30年的妻子儿女，终被传为一段佳话。

（莫道才 肖悦）

碧桃无主又千年

——陶弼《思柳亭》评析

思柳亭

陶弼

罗池刺史寡尘缘，画戟墙头筑望仙。

黄鹤与谁同一去，碧桃无主又千年。

——选自傅璇琮等主编《全宋诗》卷四〇六，北京大学出版社，1995 年

【评析】

皇祐二年（1050）九月，宋代诗人陶弼调任柳州，任柳州司理参军，主要掌管柳州的讼狱勘鞫之事。任职柳州期间，陶弼能够体恤民情，对于被逼无奈而沦为盗贼、土匪的百姓采取体谅和宽容的态度，从轻发落了一大批犯人，让他们有机会改过自新，重新做人。面对罕见的饥荒，陶弼也竭诚帮助，伸出援助之手，尽力接济灾民、安抚百姓，既保障了柳州百姓的生活，也维护了地方的稳定，表现出其爱民之心和宽容之心。

陶弼任职柳州期间，也追随柳宗元的足迹寻访了柳州的山水、古迹，留下很多吟咏和赞叹。其中有关柳宗元的诗歌作品数目非常可观。与历代文人一样，陶弼对柳宗元也十分敬仰和推崇。来

到前贤曾经任职的地方，陶弼几乎顺着柳宗元的足迹踏遍了柳州的山山水水，曾有诗云："曾看柳侯山水记，信知龙壁好烟霞。"陶弼对于柳宗元个人的人品和在柳业绩，也是非常敬佩和追慕，说"蛮越至今犹画像"，对柳州百姓思念柳侯的情意十分感慨和感动。陶弼拜访柳宗元曾手植黄柑的柑林，写下《柑子堂》；登上柳侯所记的峰峦，写下《屏山》等。《思柳亭》与《柑子堂》《柳州二首》等诗歌，无疑为睹物思贤之作。

思柳亭是为怀念柳宗元所建，在马平县东半里，今已不存。陶弼就任柳州期间，游览思柳亭写下了这首七绝。诗歌第一、二句写柳宗元清心寡欲，品德高尚，在柳州全心全意施展政治才能，为柳州百姓做了许多好事，为柳州的建设鞠躬尽瘁，最后在柳州病逝。柳宗元任职柳州四年，作为地方行政长官，已经没有贬居永州十年的痛苦和无奈。在这四年的任职上，柳宗元有一定的实权，他振作起来，在柳州勤政为民，种柳树、植柑橘、打井、修文庙、释放奴隶等，做出了很多利国利民的政绩。陶弼在《思柳亭》的前两句追忆了柳宗元勤政为民、不顾自身的品格，简练地点出了他的政绩，既是对柳宗元的凭吊和赞美，也是他为官柳州的施政志向。与柳宗元相比，陶弼没有被贬的苦闷，仕途较为顺畅，并且正处年富力强的年纪，观览前人的遗迹，他积极向上的雄心和志向更加勃发，功业之心更为强烈，这既是对柳宗元的赞颂，更是对自己的鼓励与鞭策。

后两句化用了崔颢《黄鹤楼》的诗句"黄鹤一去不复返"，陶弼感叹，柳宗元去世已经多年，物是人非，只有无尽的怀念。

柳宗元已经远去，思柳亭的周遭只有碧桃寂寞无主，默默地经历岁月的流逝。后一句也暗用了刘禹锡《元和十年自朗州至京戏赠看花诸君子》中"玄都观里桃千树，尽是刘郎去后栽"之意。陶弼再到思柳亭，虽然故人不在，但是前贤的精神已经化作碧桃、化作柳州的山山水水，长久地感染着、激励着后人，柳宗元不仅仅是柳州后继官员学习的前贤，更是千百年来天下所有为官者应当追慕的偶像。

　　全诗语言凝练，感情深厚，表达了陶弼对柳宗元及其柳州事迹的怀念。柳宗元在柳四年，他在柳州所为一直惠泽百姓，陶弼此诗既是对柳宗元的仰慕和追思，也表露出他要以柳宗元为榜样，做出有益于百姓的事业，追步柳侯。

（梁观飞）

蛮封迤逦分
——陶弼《南宁昆仑关》评析

南宁昆仑关
陶弼

关路下昆仑，蛮封迤逦分。

春光偏着草，雨意不离云。

俗异君修德，时平将用文。

临溪照绿水，老鬓雪纷纷。

——选自傅璇琮等主编《全宋诗》卷四〇七，北京大学出版社，1995 年

【评析】

　　宋代的陶弼与大多数文人士大夫不同的是，他不是以科举得官，而是 30 岁从军，以行伍立身。他不仅长于军事谋划，还能亲领士兵上阵杀敌，提拔他的幕主杨畋十分欣赏他，曾说："湖南军中，独得陶弼一人耳。"陶弼以军功进入仕途，是能文能武之士。正是因为他久在军中的特点，在他诗文中也经常能够看到慷慨激昂的军旅生活。陶弼登临怀古也多有一种豪迈、威武的军人气概，诗歌大气、雄壮又寄托深远，颇具个人色彩。

　　陶弼与南宁渊源颇深，于治平二年（1065）、熙宁元年

（1068）、熙宁九年（1076）先后三次主政邕州，在邕州时间有七八年之久。在邕州，陶弼同样留下很多著名的诗篇，其中数次吟咏昆仑关，多有边塞风貌，如《南宁昆仑关》《早发昆仑台望戍兵北归》《登昆仑台》等诗。昆仑关是南宁东北方的重要关隘，相传为汉代马援所建，地势险要，易守难攻，是邕州通往中原的咽喉要道，是历代兵家必争之地。

　　《南宁昆仑关》首联写景，作者登上昆仑关，关下道路崎岖，蜿蜒曲折，地势十分险要，点出了昆仑关的地理位置以及重要性，点出作诗地点。山道在少数民族村寨间延伸，时隐时现，充满了奇险意味。颔联写登关时的时间和天气，时值春季，春光映照在山草之上，晶莹一片，甚是可爱。天气阴晴不定，浮动的山云带

● 昆仑关

着一丝雨气。首联写昆仑关的雄峻险要，颔联写昆仑关附近山色的春光雨意，一刚一柔，将昆仑关景色写得十分醉人。紧接着，诗由写景转至议论、叙事，颈联宣扬"用文修德"的政策，提出休兵偃武，安抚当地久经战乱的百姓，维护地区稳定和边境安全。尾联写在此政策治下邕州百姓安居乐业、其乐融融的场景。作者希望邕州所有的百姓都可以免遭战乱的迫害、结束颠沛流离的生活，能够各得其所，安享天年。全诗写景与议论、叙事相结合，充分写出了自然景观与人文社会的高度和谐，诗笔凝练，自然流畅。

皇祐年间，陶弼多次登上昆仑关，深为昆仑关的险要地势所震撼，也对前人的赫赫战功而深为拜服。他从昆仑关返回不久，在今南宁望仙坡修筑三公亭，用以纪念狄青、孙沔和余靖的功绩。同为行伍出身的陶弼以军功入仕，其担任广西各个地方官职也多与军事有关，但是他在社会治理方面也体现出他较高的行政能力。在邕州期间，当地百姓因为萧注等贪官污吏的压榨迫害、多年的盗匪为患、战乱等生活没有着落，不再以生为乐，生活、精神各个方面濒临崩溃。陶弼到任后，安抚百姓，保障他们的生活，甚至把自己的俸禄都捐献出来，自家却过着贫苦的生活。宋代的邕州地势低下，洪水肆虐，每到雨季都有很多当地百姓遭灾甚至失去生命。陶弼带领守城将士、邕州各级官吏，亲操版筑，抗击洪水，保证了邕州城的安全。

陶弼在南宁的影响极为深刻，后世很多诗人到达南宁后还经常在陶弼的故迹如望仙坡、三公亭等写下不少凭吊的诗篇。

（梁观飞）

独醉还独醒

——苏轼《藤州江上夜起对月，赠邵道士》评析

藤州江上夜起对月，赠邵道士

苏轼

江月照我心，江水洗我肝。

端如径寸珠，堕此白玉盘。

我心本如此，月满江不湍。

起舞者谁欤？莫作三人看。

峤南瘴疠地，有此江月寒。

乃知天壤间，何人不清安。

床头有白酒，盎若白露泺。

独醉还独醒，夜气清漫漫。

仍呼邵道士，取琴月下弹。

相将乘一叶，夜下苍梧滩。

——选自〔清〕王文浩辑注，孔凡礼点校《苏轼诗集》卷四十四，中华书局，1982 年

【评析】

广西是苏轼谪迁海南和放还北归所经之地，见证了他"九死南荒吾不恨，兹游奇绝冠平生"（《六月二十日渡海》）的人生历程。《藤州江上夜起对月，赠邵道士》正是其广西诗作的代表。

据《舆地纪胜》记载，苏东坡被贬琼州儋耳时，邵道士不忘旧情，跟随苏轼前往琼州，并相伴了三年。邵道士原名邵琥，听说容州的都峤山是个仙家会聚的圣地，于是千里迢迢来到容州，在娑婆岩隐居下来，潜心修道。苏轼经廉州北还，邵道士从容州与苏轼同行，直到梧州才与苏轼分别。藤州与容州的都峤山相距不远。都峤山是桂东南名山之一，道教所称三十六洞天的第二十洞天。这首诗歌便是苏轼与邵道士月夜于藤州江上望月所写。全篇以咏月为主题，融入了深沉的人生感悟，意境清绝。

诗歌可分为三层，前三联为第一层。诗歌开篇即将我与江月对举，直接融写景、抒情、议论为一炉，破空而来，笔力遒劲。澄净而清朗的江月与苏轼不期而遇，清幽而皎洁的月光，普照大地，也淘净了诗人的心胸。它悬于碧空，就如一颗一寸大的明珠，倒映江面，又似洁白的玉盘，洗净铅华而没有一丝尘垢。"我心本如此"紧承上句而来，诗意却通过转折递进了一层，不是江月洗净我的心胸，而是本自明净，我心本如此。中间三联为第二层，"起舞"二句反用李白《月下独酌》诗意。接下来的一联对"起舞"句的诗意予以补充，并将诗歌引入对自然的思索。李白原诗实以不羁之笔抒发寂寞、孤傲之情，苏轼反用其意，象征着自己无论身处何处，"此心安处是吾乡"的人生态度，从而体现出与

● 苏轼

李白狂放不羁不同的超逸和旷达。最后四联为第三层，感悟了万千世界所寓之至理，诗人的心境遂变得轻快，怎能辜负了江月无私的馈赠呢？于是取出床头满溢如白露的美酒，在清气漫漫的江月之夜，独醉独醒，兴致不减的诗人呼唤同行友人邵道士月下抚琴，伴着这清幽的江月、悠扬的琴声、芳香的美酒，就着这一叶扁舟，夜下苍梧吧！

　　此诗融入了苏轼一生坎坷经历的淘洗和对人生的深刻思考与体悟，将写景、抒情、议论弥合无间地融入满江月色的清朗诗境中，透出洞察世事后的睿智和超然物外的旷达。所以纪昀评此诗："清光朗澈，无复笔墨之痕，此为神来之笔。"

（戴永恒　闫雪婴）

累累似桃李，一一流膏乳

——苏轼《廉州龙眼，质味殊绝，可敌荔支》评析

廉州龙眼，质味殊绝，可敌荔支

苏轼

龙眼与荔支，异出同父祖。

端如甘与橘，未易相可否。

异哉西海滨，琪树罗玄圃。

累累似桃李，一一流膏乳。

坐疑星陨空，又恐珠还浦。

图经未尝说，玉食远莫数。

独使皱皮生，弄色映雕俎。

蛮荒非汝辱，幸免妃子污。

——选自〔清〕王文浩辑注，孔凡礼点校《苏轼诗集》卷四十三，中华书局，1982 年

【评析】

元符三年（1100），苏轼遇赦，渡琼州海峡北归，由雷州（今广东雷州）登岸，七月到达廉州（今广西合浦）贬所。合浦给予苏轼难得的安宁，合浦守官和人民的热情款待，也使苏轼大为感

动，他在《留别廉守》中写下了饱含深情的句子："悬知合浦人，长诵东坡诗。好在真一酒，为我醉宗资。"而合浦的风物中，给他留下最深刻印象的，莫过于特产龙眼，使其不吝笔墨，予以歌咏。

全诗分为四层，两联为一层。第一句说荔枝和龙眼好像同一个祖先的两个异出，实则是同一家。然后第二句紧接着举了芦柑和柑橘的例子，说龙眼和荔枝就好像芦柑和柑橘一样，从外观看，难以分别出来，或者作出高低较量的评判。接下来四句大力描写龙眼之美丽与壮观。诗歌以龙眼和荔枝的亲缘关系开篇，诗人认为荔枝和龙眼同出一祖，应像柑和橘一般，难于看出相互之间的差别。这是由于龙眼的子和树都与荔枝相近，也都是岭南的特产，荔枝过而龙眼熟，故龙眼有"亚荔枝""荔枝奴"等别称。苏轼被贬南荒，岭南的风物带给了他别样的感受，在惠州时，便品尝了惠州太守东堂将军树所产荔枝，并写下了《食荔枝二首》。良好的气候条件，使岭南地区物产丰富，令人应接不暇，而"炎云骈火实，瑞露酌天浆"（《食荔枝二首》其一）的荔枝是苏轼的最爱，以至于生出"日啖荔枝三百颗，不辞长作岭南人"的豪情，从他对岭南荔枝直率的喜爱之情，可见他的坦荡胸怀和乐观的人生态度。此次来到合浦，品尝到"质味殊绝，可敌荔枝"的龙眼，自然也大加赞赏。

第二层从树到果状写合浦龙眼。他借用《淮南子》所载神话昆仑玄圃中的琪树来比拟龙眼树：西海滨的龙眼树可真奇特呀，好像仙境园圃里面罗列着种植的玉树仙树一般。此处又把西海滨比作仙境，把这里种植的龙眼树比作是仙境的玉树，可见诗人对其的喜爱之情，而且给此地的海滨和龙眼增添了一种朦胧缥缈的美感。"累累似桃李，一一流膏乳"最为传神，写出了其神韵。龙眼树青翠似玉，果实累累如珠，破开外壳，则颗颗晶莹别透，膏乳一般的浆汁甘甜如蜜。这两句描写虚实结合，前一句是虚写，使得廉州龙眼被蒙上了一层神秘朦胧的面纱，变得空灵高贵；后一句实写龙眼树上结满龙眼的景象，累累硕果，写它的丰收质朴，让人心生亲切与喜爱之情。短短几句便将合浦龙眼的生长状况、味道、外形、质感等都表达了出来。

　　第三层，诗人展开奇思妙想，将龙眼果粒比喻成夜空中闪亮的星星掉落人间，形象生动地突出合浦龙眼果肉圆润饱满、晶莹透亮的特征。更让人拍案叫绝的是，苏轼将龙眼与同为合浦特产的珠宝联系在一起，化用了"合浦还珠"的历史典故。《后汉书·孟尝传》记载，合浦海里盛产珠宝，是合浦人民生活的重要物产，但因为当地宰守过于贪婪，采撷无度，珠宝便移到了交趾，人民生活失去了保障。孟尝上任后革除弊政，改善民生，不到一年，珠宝便返回了合浦。苏轼在这里化用"合浦还珠"的典故，表面上突出了合浦龙眼果粒圆润别透仿佛珠宝的特征，同时暗含了对时任地方官长能行惠政的褒扬，并委婉地表达了希望地方官长勿以龙眼求名索利的劝勉，为下文诗意的升华做了铺垫。下一联诗人对合浦龙眼名气不显的原因进行了分析，因为生于偏远的南国海滨，地理志等图经都没有记载合浦龙眼，所以国人尚未将它作为珍贵美味的食物，这仿佛是合浦龙眼的遗憾，但诗歌篇末，苏轼却从另一个视角，辩证地看待了这个问题。

　　最后一层，苏轼融入杜牧《过华清宫三首》其一"一骑红尘妃子笑，无人知是荔枝来"诗意，再次将龙眼与荔枝进行了对比。荔枝不像"图经未尝说，玉食远莫数"的龙眼，早已声名在外，成为杨贵妃喜爱的珍贵美食，但也正是受到了杨贵妃的青睐，而给人民带来了"贡荔之害"。随着玄宗独宠杨贵妃，终至安史之乱，荔枝也无可避免地背负了污名，苏轼在《荔枝叹》诗中也说："十里一置飞尘灰，五里一堠兵火催。颠坑仆谷相枕藉，知是荔枝龙眼来。飞车跨山鹘横海，风枝露叶如新采。宫中美人一破颜，惊尘溅血流千载。"对杨贵妃只图口腹之欲而不顾民生疾苦进行了愤慨的痛斥。因此他在本诗的末尾说道，就让荔枝独自成为富贵者的美食吧，龙眼你生于蛮荒，不载于图经，不为人知并非你的不幸，正是如此，才使你避免因为受到权贵者的喜爱，而成为买宠的工具，使得声名受损啊！

　　这首诗歌是一首咏物诗，它不仅生动地刻画了合浦龙眼的形状、特征，将其晶莹剔透、浆汁甘甜的诱人之处展现于读者目前；同时通过巧妙的用典将咏物寄寓完美地融合在一起，在与荔枝的比较中，引入关于杨贵妃的历史故事，并赋予了龙眼以品格，启发读者思考。寓意作结，因小见大，诗歌的题旨和内涵得到了较好的丰富和升华。

（戴永恒　闫雪婴）

直与江月同清幽
——秦观《月江楼》二首评析

月江楼
秦观

一

仙翁看月三百秋，江波日去月不流。

肯因炎尘暝空阔，直与江月同清幽。

二

苍梧云气眉山雨，玉箫三弄无今古。

九天云雾蛰蛟龙，琅玕长凭清虚府。

——选自周义敢、程自信、周雷编注《秦观集编年校注》，人民文学出版社，2001 年

【评析】

元符三年（1100），北宋著名词人秦观在藤州（今广西藤县）去世，中国古代文学史上一颗璀璨的明星就此陨落。秦观是江苏高邮人，但为何千里迢迢来到广西？原来，绍圣元年（1094）三月，秦观因新旧党争，被政敌划为"元祐党籍"一派贬往杭州。绍圣三年（1096）春，再次被贬往郴州。绍圣四年（1097）二月，

● 秦观

朝廷有诏书传来，再贬秦观为横州（今广西横州市）编管。

　　绍圣五年（1098）春，秦观自衡州赴横州。初到横州时，秦观对岭南的天气极不适应，在这漫漫长夜之中，难以入眠。"南土四时尽热，愁人日夜俱长"（《宁浦书事六首》其三）。对于秦观而言，贬谪是痛苦的。其痛苦不在于被贬至这蛮荒之地受尽苦楚，而在于他满腔抱负难以施展。在一个烦闷的夜晚，他沿着郁江漫步，希望这汩汩滔滔的江水能够带给他一丝平静，消解心中的苦闷。他登上郁江边上的月江楼，放眼望去，郁江在群山之间缓缓流淌，一轮明月在水底岿然不动。郁江之上烟雾朦胧，迷茫之际，似乎看到一个仙风道骨的老人家撑着小船缓缓而来。几百年前的董京，也是在这样的月夜遇到了仙人，与仙人结缘，不久就销声匿迹，纵情于山水之间，过起了隐居的生活。极目远眺这一片空阔的大地，身边的热气似乎也消散了许多，自己也可以学学多年前的老前辈，静下心来好好欣赏眼前的江月美景。离开了尔虞我诈、离开了权力斗争，还有一方天地可以安置自己的心灵。

站在月江楼上，仰头望去，山水之上，夜空中淡薄的云气与明月相映成趣。在秦观看来，此地的云与苍梧之地的云有些许相像，此地的雨也有点像眉山的雨。吹奏玉箫的人虽然远去，但关于玉箫的故事却流传下来。我虽然像那从高空中被贬谪下来的蛟龙来到了蛮荒之地，但倚着月江楼上的栏杆，看到的是让人心旷神怡的景色，也没有多少遗憾了吧。

也许，秦观在无数个月夜登上月江楼，反反复复在政治上的不得意与得意于广西山水之美之间徘徊。他一遍又一遍地接受广西山水的洗涤，广西的山水也在一遍又一遍地消解秦观内心的苦闷。秦观在与广西山水一次又一次的对话中获得了宁静。当他从月江楼上回过头来，他发现广西这岭南之地并没有初来时那么面目可憎了。他的生活变得多姿多彩，富有趣味。他口中的食物有了家乡的香气，山水有了江南的秀美，"鱼稻有如淮右，溪山宛类江南"（《宁浦书事六首》其二）。他与身边的植物玩起了游戏，和自己的影子捉起了迷藏，"身与杖藜为二，对月和影成三"（《宁浦书事六首》其五）。在他发现广西的美丽之后，他甚至觉得就算在此地度过余生也是不错的选择，"安得此身作石，一齐忘了家乡"(《宁浦书事六首》其三)。

可不幸的是,他的政敌并没有忘记处在偏远之地的秦观。他们将秦观逼入绝境。元符元年(1098)九月,秦观被开除官职,再贬为雷州编管,不久离开横州。他不得不与广西离别。这里是他"甘心老是乡矣"的广西。这里有山水之美,这里有鱼稻之香。他带着对广西的不舍启程了,再次回到广西已经是两年之后。哲宗驾崩,朝廷换了皇帝,也换了一批权臣。秦观的政敌倒台了,他受诏前往衡州。他距离朝廷越来越近,如果顺利的话,还来得及重返朝廷,再次施展自己的一腔抱负。可是,当路过藤州时,他停下了脚步。

他回想起三年之前的那个夜晚,自己沿郁江而游,登上月江楼,是多么惬意,多么释然。现在,朝廷一纸诏书,自己又匆匆忙忙,踏上征程。他笑自己,笑古往今来庸庸碌碌的人。他感觉到自己现在所做的一切不过是一场笑话罢了。在施展抱负与释放心灵之间,他选择了后者。他选择了"醉卧古藤阴下"(《好事近》),结束了自己的一生。

秦观因广西的山水幡然醒悟,在当中找到了心灵的栖居之地。他选择广西作为他最后的归宿,永远地徜徉在山水之间,获得了永久的安宁。这一切,都始于他在那个难以入眠的夜晚登上了月江楼。

（钱辉）

平地苍玉忽嵾峨
——黄庭坚《到桂州》评析

到桂州
黄庭坚

桂岭环城如雁荡，平地苍玉忽嵾峨。

李成不在郭熙死，奈此百嶂千峰何。

——选自〔宋〕黄庭坚撰，〔宋〕任渊、史容、史季温注，刘尚荣点校《黄庭坚诗集注》卷二十，中华书局，2003 年

【评析】

在桂林市榕湖岸的古南门外，有一棵榕树昂首云天，在千百年以前，曾见证了一位诗人的桂林之旅。崇宁三年（1104），著名诗人黄庭坚自灵渠沿着漓江顺流而下，驾一叶扁舟渐入桂林境内，将绳索系在南门外护城河边的榕树上。黄庭坚踏进桂林，也将其身影留在桂林悠长的历史之中。

黄庭坚一生宦海沉浮。王安石变法带来将近半个世纪的党争给士大夫文人们带来了沉重的苦难，黄庭坚也不能幸免，曾两次获罪：第一次是因修《神宗实录》获罪遭贬黔州；第二次是因写《承天禅院塔记》被小人污蔑，以莫须有的罪名发配至宜州羁管。

无端被小人污蔑，又要风雨兼程赶往贬谪的地方，黄庭坚心底的愤懑与不平可想而知，但是在前往宜州这段路程中看到的风景又极大地治愈了他疲惫受伤的心灵。

黄庭坚以诗记录途中所见所感，《到桂州》便是黄庭坚来到桂林后描写桂林景色的第一首诗歌，生动形象地勾勒了桂林奇异的山水景观。首句"桂岭环城如雁荡，平地苍玉忽嶒峨"写出了桂林群峰环绕、拔地而起的整体观感。雁荡指的是雁荡山，"因山顶有湖，芦苇茂密，结草为荡，南归秋雁多宿于此，故名雁荡"。桂林环城山峰就如雁荡山险峻峭拔。黄庭坚通过想象自己在半空中，看到了"环城如雁荡"的奇异风光，紧接着他又将视野放平，看到了"平地苍玉忽嶒峨"，平坦的地面和青绿色的河流映入眼帘，忽然间又有拔地而起的山脉打破单调的视野，平坦与起伏分布错落有致，让人眼前一亮。

后两句"李成不在郭熙死，奈此百嶂千峰何"却又笔锋一转，表达了诗人对知音难觅、世无伯乐的感慨。李成与郭熙都是与黄庭坚同时代杰出的山水画家，只有他们能将桂林的"嶒峨"之妙与"苍玉"之美画出来，可惜他们已经离世了，桂林的百嶂千峰也无人能将它们画下来了，这实在是太遗憾了！黄庭坚在看到桂林奇绝的山水想到无人能将其画出，无限伤感！

黄庭坚将自己的身影留在了桂林的历史之中，后世人们为了铭记这位伟大的诗人做了许多努力。南宋张栻在静江府（今广西桂林）知任后，在黄庭坚系舟上岸的榕树旁边盖了一座榕溪阁，并且把黄庭坚的《到桂州》刻在上面，张栻本人也作《题榕溪阁》

记之。后来，无数文人墨客慕名而来，留下诗篇追忆这位伟大的诗人。

张栻所建榕溪阁在后来消失了，新中国成立后，桂林市政府着手在榕溪阁旧址上重建榕荫亭，并立石碑"黄庭坚系舟处"在榕荫亭旁。2000年，桂林市政府在两江四湖旅游工程中将榕荫亭进行改造，重命名为系舟亭，并在古榕树旁边修建了一座石舫，以此来纪念当年乘舟而来的黄庭坚。

（李国萍）

山鸟不知兴废恨
——李纲《象州道中》二首评析

象州道中

李纲

一

路入春山春日长，穿林渡水意徜徉。

溪环石笋横舟小，风落林花扑面香。

山鸟不知兴废恨，岭云自觉去来忙。

炎荒景物随时好，何必深悲瘴疠乡？

二

竹屋茅檐三四家，土风渐觉异中华。

碧榕枝弱还生柱，红荔春深已著花。

社燕不巢南候别，塞鸿无信北音赊。

海山此去犹千里，会见安期枣似瓜。

——选自〔宋〕李纲著，王瑞明点校《李纲全集》卷二十三，岳麓书社，2004 年

【评析】

建炎二年（1128），李纲第三次被贬，授单州团练使，移万安军（今海南万宁市）安置。李纲是两宋抗金名臣，著名政治家，是南宋重要的主战派，官至宰相，也正因为其坚定的抗金决心导致他屡遭投降派的排挤和打压。在赴海南途中，他经过广西的全州、桂林、阳朔、荔浦、象州、贵港、玉林等地。他在广西贬途上的心情是复杂的，一方面为国事担忧、为壮志不得施展而苦闷、为忠而被贬而悲愤；另一方面也寄情广西的秀美山水，诗歌中透露出一种对广西别样山水的喜爱之情以及沉浸风景名胜的愉快和闲适。

李纲《象州道中》二首，为途经象州等地所作。象州在今柳州东南。两首诗集中体现了李纲贬途中的复杂心绪。第一首诗的首联、颔联写路途所见之景，开题点出时间。进入象州境域，一派春光映入眼帘，途中穿过山林，渡过江河，李纲闲游在这广西山水之中，兴致盎然。颔联分写水边景色和山林落花：溪流蜿蜒曲折，水中、水边石笋纵横；山路上春风吹落山花，落花芳香扑鼻，香味充满了山水之间，令人痴醉。

李纲在这样优美的山水之中，是否能做到真正的忘我呢？他把山水景致描写得如此迷人，理应能将所有的个人境遇、家事国事暂时抛诸脑后，沉迷在此美景之中，望峰息心、窥谷忘反。然而，山林间忙碌的鸟儿却仍然让他心绪有所波动，鸟儿不知兴废之事，人岂能不知？李纲虽然身遭贬谪，心却仍系念家国，不能完全忘却，人真犹山云一般来去忙碌不能停歇。虽然心系国家，屡遭贬谪，李纲也没有因此沉沦不前，自暴自弃，他在尾联表示荒远的岭南山水景致虽然随着时间的改变而改变，并各有特色，但美好迷人一直不会变迁。尽管作者遭遇贬谪，但丝毫不会因此而气馁。此时此刻，他流连广西山水景物是他对未来、对国事怀有强大信心的体现。

该诗题第二首，首、颔联写广西不同于中原的风土人情。李纲进入象州，看到了广西人家住的是竹屋茅舍，这种住房富有广西特色。接着，李纲看到了长满浓密根须的榕树，它们从空中生长出来，如柱子一般插入土中，支撑着榕树。春天将要过去，荔枝等南方植物还开着浓密的花朵，这一切对于初到广西的人无疑是非常新奇的。由这种人情风物，作者联想到了自己的家乡和家人，颈联以社燕、塞鸿设对，写出了离家的遥远和互通消息的艰难。此一番贬谪离家千万里，人远在天涯海角不知道何时才能北归与亲友团聚，尾联则用了"枣似瓜"的典故，写出了李纲贬途中思乡的情绪。

（梁观飞）

风烟自一方

——李纲《容南道中》（其一）评析

容南道中（其一）

李纲

路入容南境，风烟自一方。

山空云苒苒，春动水茫茫。

紫府丹砂秘，幽村碧树芳。

萧然有佳致，作个是炎荒。

——选自〔宋〕李纲著，王瑞明点校《李纲全集》卷二十四，岳麓书社，2004 年

【评析】

李纲于建炎三年（1129）十一月到达琼管，第三天就得到恩许，允许他自便择居，接着李纲从海南启程，经过陆川、北流、容县、梧州等地北归。李纲这一次贬谪与北归，足迹遍布大半个广西。李纲的两次广西之行不仅路线不同，心情也大为不同。因此，他有关广西的诗歌，描写的地域范围是较为宽广的，情绪的表露也更为多样和丰富。品鉴李纲的诗歌，既能看到宋代广西多个地区的风景名胜的优美风姿，又能看到涉桂诗人诗歌的丰富多

样性、诗情的复杂变化。李纲从广西山水风物中得到心灵的寄托和安慰，而广西山水风物因这位著名的抗金名臣、骨鲠之士的纵情书写而名留千载，熠熠生辉。

在广西的旅途中，李纲除了沉醉山水，也深深为神秘的民俗风情、宗教传说等所吸引。他一路上访僧问道，拜访了不少寺庙、道观，诗歌充满了浓厚的宗教色彩。他在桂林赞仙家朱明洞，在阳朔追想谪仙人，在玉林凭吊葛仙翁遗迹等，应该说，李纲的广西之旅也是仙境寻踪之旅。

《容南道中》作于李纲北归路过今广西容县途中。容县、北流一带古代有诸多历史传说，一是北流勾漏洞出产丹砂，传说东晋著名道学家、文学家葛洪葛仙翁宁愿抛弃高官，请求任勾漏令，前往该处炼丹修仙；二是容县境内的都峤山是道教第二十洞天，山上有道观、佛寺，传说刘根、华子期等人曾在此修道，也曾经有士人在此隐居，是著名的儒释道三家融合之所。北流、容县相接壤，李纲路过此地定然听闻不少传说，他观览仙山、沉醉山水景致，仿佛置身仙境，诗中的神秘、缥缈、优美，既是广西人文、山水的真实写照，也是李纲得宥北归的心境的表现。

诗歌首联写进入容南县域，点出作诗地点。作者一来到容县，便远远地看到容南境域风烟缭绕的优美景象。这一方烟水景致与其他地方迥然不同，足以形成一家特色。颔联分别从云和水入手，将"自一方"的风烟景致写足。浓浓淡淡的云游走在空灵青翠的群山之上，慢慢飘动，浮上沉下，灵活生动，望之可爱。正值春天，容南的江水、湖水也是邈远朦胧的。颔联将山水烟雾组合在一起，形成了一幅春天的岭南山水图。这幅山水图从大处落笔，采用白描的手法，勾勒出容南山水的大体景色和山水特点。颈联将这种恍若仙境的山水景致与神话传说结合起来，作者想到了与此地相关的神话传说，这里的神仙福地也一定有仙人居住并在这里炼丹修炼吧。"幽村""碧树"进一步渲染容南山水的神秘，仙山、道观在幽深的村落和浓密的山林掩映下若隐若现，充满了仙道气息，深深吸引着作者。尾联则在这幅朦胧、缥缈、神秘的容南山水图的基础上生发议论：容南这种潇洒闲适、灵动可爱的景致给人带来了多少愉悦和兴致，人们怎么能说它是蛮荒之地呢？

全诗前三联层层铺垫，描绘了一幅神秘的山水图，从山水风物、故事传说等方面对容南山水进行歌咏和赞美，最后通过议论表达了作者对容南山水的喜爱之情。诗歌作于流贬广西途中，却没有一丝悲伤沉沦之意，这既与作者旷达乐观的性格有关，也与广西境内秀美灵动的山水景致有关。诗歌也体现了宋诗以意理胜的特点，作者描写山水风物，以议论作结，体现了宋人的理趣，诗歌写景与议论过渡自然，毫无斧凿之迹。

（梁观飞）

意谐独有清风共，兴尽聊随落照还

——孙觌《灵泉寺》评析

灵泉寺

孙觌

窗户遥开紫翠间，小桥独立听潺潺。

意谐独有清风共，兴尽聊随落照还。

但见虚童蒙白帢，且无泷吏发骍颜。

风花雨叶元无定，何必区区恋故山。

——选自傅璇琮等主编《全宋诗》卷一四八三，北京大学出版社，1995 年

【评析】

　　宋高宗绍兴二年（1132），孙觌因赃罪除名，羁管象州。他到广西后，寓居桂林，曾游览了桂林的七星岩、龙隐岩、栖霞洞等地，还到了柳州灵泉寺。柳州市内马鞍山与鱼峰山之间的小龙潭古称灵泉，灵泉寺就建在那里。岭南山水之美给他留下深刻印象，他也为此写下了很多与岭南风物相关的诗歌。

　　本以为能有所作为的孙觌遭到了贬谪，心里当然是非常郁闷。他在来到这些风景秀丽的地方后，希望通过游览山水来抒发其郁闷之情。因此，在他的诗歌中，山水尤其恬静。柳州本就山清水秀，在诗人笔下，尤其显得充满诗意。他写灵泉寺，注重灵泉寺周边环境的优美。窗外是一片青翠，生机盎然，小桥流水，水声潺潺，有一种世外桃源之感。虽然是很美的景物，但是孙觌是孤独的。他欣赏美景，只有清风相伴，也许只有清风才能理解他的心情；他兴尽归来，只有落日相随，也许只有落日会陪伴他。

孙觌从江浙而来，对当地的习俗自然不是很熟悉，他在诗歌中写到了当地人的一些习俗。宋代的柳州人，穿着打扮也颇有特点，赶集的孩童头上都蒙着白布做的帽子。因为江河不大，在江边也没有保护行船安全的小吏。一切显得那么自然、原始，却与诗人没有关系，每个人似乎都有自己的生活。他只是作为一个路人，一个过客，在这片陌生的环境中徜徉。

在这样的环境之中，孙觌自然想到了自己的遭遇，由此发出感慨"风花雨叶元无定，何必区区恋故山"，人生坎坷在所难免，并不因为不同的地方、不同的人会有不同的遭遇，人生就是始终处在漂泊动荡之中，所以，随遇而安就非常重要。孙觌羁管象州期间，其妻女都逝于广西，这应该说是人生非常悲惨的遭遇了。所幸后来朝廷重查其案件，他终于得以回归江浙。

诗歌表现出的是孙觌在广西期间的特定心态，融入了诗人对人生的看法。全诗语言精练，两个"独"字，一再强调自己的孤独，"清风""落照"两个意象，一惬意，一寥落，既是环境给予的感受，又是遭遇所带来的感觉。"紫""翠""白"等色彩加上"花"，又凸显出当地色彩鲜艳多样的景象。

（莫山洪）

家国身世两相悲

——吕本中《柳州开元寺夏雨》评析

柳州开元寺夏雨

吕本中

风雨翛翛似晚秋，鸦归门掩伴僧幽。

云深不见千岩秀，水涨初闻万壑留。

钟唤梦回空怅望，人传书到竟沉浮。

面如田字非吾相，莫羡班超封列侯。

——选自〔宋〕吕本中撰，韩酉山辑校《吕本中全集》，中华书局，2019 年

【评析】

这首诗作于诗人中年迁于广西之际。北宋时金兵入侵，长驱直入，北宋人不得不面对国破家亡的惨剧，大量贵族和士人南下避乱，金兵暂退而盗贼群起。吕本中就是在这样的情况下和他的老父、家人沿湖湘南行至广西，经过了今天的广西全州、贺州、柳州、桂林等地。宋高宗绍兴三年（1133）癸丑，吕本中 50 岁，此时他为父亲服丧完毕不久，这年夏天，诗人到柳州，在柳州开元寺恰好遇上一场夏雨，便有了这首七言律诗。开元寺遗址位于今广西柳州市柳侯祠内，该寺始建于唐开元年间，距今已有 1300

年，可惜清末坍毁。

南方的夏雨常常是风云乍起，骤然大作，大雨狂风一时将夏日的燥热卷走，居然有了几分好似秋日的凉意。在这样的雨里，万事万物都复归栖身之地寻求安宁，鸦雀还巢，僧人掩门，独留一份幽深。诗人也在寺庙中，他或许就从窗口望去，只见愈发浓重的云雾挡住了远处秀美的青山奇岩。而平时静静流淌于山中的溪流泉水，也因为这场雨第一次被诗人捕捉到它们不同往日，化一为百，在山间奔腾涌流。诗人听着水流声慢慢放缓了思绪，然而寺庙的一声钟响将他飘远的思绪拉回现实，那让人出神的一切念想，其实都是不可能实现的空梦，求取功名封侯拜相的政治理想都随着现实中驿使每次传递的文书被一次次打击。诗人只能慨叹，自己生来就不是官运亨通的田字脸，既然没有这种面相，就不要羡慕汉代那位封了定远侯、长了一副"燕颔虎颈"的"万里侯"面相的班超了。诗人不仅仅是艳羡班超才智双全平步青云，更是希望自己能够像他那样破除外夷安邦定国。可是现实却是他不得不为了避乱而南游，诗人心中无法排遣的家国之痛与身世之悲只能隐含在这貌似自我解嘲的字里行间。

宋代文人写诗不像唐人那样追求诗中的境界以实现情景交融，而往往使用典故和饱含趣味的语言暗藏内心复杂的情感。吕本中从柳州夏日的一场大雨写起，天地间充满雨，反而使得寺庙中更加幽静，在这幽静中诗人生发出了对人生和现实的思索，以风趣幽默的语言写出了五味杂陈的心绪。

（黄恒靓）

一环清驶石间流

——张孝祥《入桂林歇滑石驿题碧玉泉》评析

入桂林歇滑石驿题碧玉泉

张孝祥

百折崎岖岭路头，一环清驶石间流。

须君净洗南来眼，此去山川胜北州。

——选自〔宋〕张孝祥著，辛更儒校注《张孝祥集编年校注》卷一〇，中华书局，2016 年

【评析】

乾道元年（1165）七月，张孝祥历经长途跋涉，到达广西境内。他经过严关，在滑石驿休息，饮了山泉，并在此赋诗一首，这首诗就是著名的《入桂林歇滑石驿题碧玉泉》。

滑石驿即滑石铺，在灵川县北小溶江桂黄公路附近。县北数十里有两座大山——北障山和尧山，两山皆以高大著称，相对而立，形成了一道天然的屏障。北障山环绕着数百汪泉水，其中就以滑石泉最为著名。一开始，滑石泉的泉水并不清澈，而是十分浑浊且混合着石沙，滑石泉就是因此而得名。为了取得过滤泉水，人们将出水口进行了修整，过滤泥沙，而流下来的清水，则灌注成为一汪水塘。滑石泉刚好可以满足人们的饮用所需，古时常有禅士在泉边结庵而居。宋代设滑石驿，供过往行人停留，暂作休息。

此诗看似是对碧玉泉美景的赞叹，其实也包含了诗人的人生体验。"百折崎岖岭路头"一句，不仅是指南下的路途艰辛，也暗指了自己的命途多舛。南宋时期，国土沦丧，社会动荡不安。全国蠢蠢欲动，而南宋的统治者却选择偏安一隅，朝廷中也分裂出了主和、主战两大阵营。张孝祥少年便有壮志，自然是站在了主战派的一边，由此也引起了议和派诸多不满。隆兴二年（1164）十月，张孝祥因在关于金兵入境问题上的陈词得罪主和派，又因得到张浚的举荐而惹得汤思退不快，被尹穑弹劾，落职放罢。这一次已经是他第二次被贬黜了。再被起用是在乾道元年（1165）三月，张孝祥官复集英殿修撰，知静江府，兼任广南西路经略安抚使。这次看似是复官，其实是将张孝祥调离了政治中心。接二连三的打击并未使张孝祥的意志就此消沉。他来到了桂林，看到了"一环清驶石间流"这样清澈的泉水在石间流淌的奇特景象。

"须君净洗南来眼"一句与邹浩《次韵和仁仲滑石铺泉轩》中"洗出北归烟瘴眼"句有异曲同工之妙。邹浩是北宋时期的官员，因直言进谏，两次被贬岭南。《次韵和仁仲滑石铺泉轩》是邹浩遭削官除名，被流放到昭州之后，于崇宁五年（1106）遇赦北归时所作。昭州管辖今平乐、昭平、荔浦、恭城等县地，因多瘴雾当时又被称为"瘴乡"。邹浩是被剥去一切职务流放至此的，在他被贬居昭州时，曾经路过滑石铺，作《滑石泉》，其中有"惟有流泉声似旧，凭栏重听响潺潺"之句。明朝万历年间，灵川知县蒋一葵因邹浩的这首诗,将滑石泉更名为道乡泉,并立有碑刻,"道乡"二字取自邹浩的自号"道乡居士"。这一首诗格调较为轻快,可见邹浩初到昭州时,心境还算豁达。但贬居的日子越久,他的思乡之情,渴望复职之情就越强烈。邹浩北归经过了滑石铺,看到了"碧玉峰峦"中的碧玉泉,他要用这一眼泉水洗净流放岭南的一身烟瘴气,好看清岭外的太平盛世。张孝祥入桂亦歇在滑石铺,于百折崎岖间显露的碧玉泉同样给了他心灵的慰藉,他也要用这清澈的泉水洗去过往云烟。

邹浩之后,宋胡舜陟也在此地留下了诗歌。胡舜陟乃宋朝抗金名将,极力反对屈辱求和,也因此遭到了奸臣秦桧的忌恨和排挤。绍兴六年(1136),胡舜陟任广西经略,知静江府,路过滑石泉,留下一诗:"奔走尘沙五十程,泉声今夜响泠泠。明朝画鼓催征骑,不使行人仔细听。"在这之后,胡舜陟将滑石泉改名为漱玉泉。这里或许是他常年奔走于尘沙间,难得遇到的一方净土,但他来不及细细观赏。此时,耳边听到的虽是泠泠的泉水声,心中响起的却是铿锵的战鼓声,催促着胡舜陟奔赴沙场。与胡舜陟一样,张孝祥心中也充斥着家国情怀。"此去山川胜北州"一句既是写景,也是抒发情志。桂林山水甲天下,此去所见之山川美景定胜于北州,而张孝祥也坚信自己即使远离朝堂,亦能在此地大有作为。

滑石铺前人来人往,只见世间人事如烟云变幻,唯有那一汪碧玉泉清澈依旧。

(莫道才 熊逸文)

云山米家画，水竹辋川庄
——张孝祥《訾洲即事》评析

訾洲即事
张孝祥

一雨便清凉，风回百草香。

云山米家画，水竹辋川庄。

僧赋蠲新帖，墙榛斩旧行。

归鞍乘晚霁，空翠满轻装。

> ——选自〔宋〕张孝祥著，辛更儒校注《张孝祥集编年校注》卷八，中华书局，2016 年

【评析】

乾道元年（1165）三月，宋代著名诗人张孝祥官复集英殿修撰，知静江府，兼任广南西路经略安抚使。同年四月，张孝祥赴任。在桂林的两年，张孝祥多次与好友相约游山玩水，赋诗唱和。这首《訾洲即事》大约作于乾道二年（1166）。

訾家洲位于桂林的东南面，起于漓水之中，四面临水，原来有訾姓人家居住在此，故名訾家洲。古时还有别名叫浮洲，因为每到发大水时，訾家洲都不会被淹没，好似浮在水面上。至于訾

家洲究竟如何形成，莫休符《桂林风土记》"欧阳都护冢"条记载了这样一则传说：相传曾经有一位名叫普赞的安南都护，所葬之地有天子气，官吏当即命人将其坟冢掘断。但每到夜晚，便有阴兵将掘断之处填平，于是再掘，再平，周而复始。当时有服役者偷听到了鬼兵的对话，原来此事并非没有破解之法，只要用青布运送所掘之土投于江中，阴兵们便无可奈何了。官吏听闻此法，当即命人照办，自此竟再无阴兵填筑之事。据传，訾家洲便是由所运之土顺河流下而自然形成。传言渐渐随风消散，除了那座被毁的孤坟，只留訾家洲独立于水中。唐代欧阳膑《訾家洲》曰："旧业分明桂水头，人归业尽水东流。"

　　当张孝祥登上訾家洲，目之所及皆是醉人的山水。"一雨便清凉，风回百草香"，一场雨为桂林带来了清凉，清风浮动，卷起洲上百草的清香，又四散开来。桂林多雨，虽同在岭南，但不似其他地区那般炎热。

　　烟雨中的桂林风景独好，烟雨中的訾家洲颜色更甚，"云山米家画，水竹辋川庄"。"米家画"是指北宋米芾、米友仁父子的画。父子二人最擅长画山水画，讲究"不取工细，意似便已"，江南山水的"烟云雾景"在他们笔下更显俊秀脱俗。"辋川庄"则取自唐代诗人王维的《积雨辋川庄作》，诗中描绘了夏日久雨初晴时关中平原上的景象，同样如同一幅淡雅的水墨画作。烟雨中的訾家洲便似"米家画"一般秀美，似"辋川庄"一般恬静。

　　前两联张孝祥还沉醉在訾家洲如诗如画的美景中，颈联陡然一转，将目光放到了国计民生上。"僧赋蠲新帖，墙榛斩旧行"

表达了张孝祥轻徭薄赋的主张，以及他对百姓的关心。

乾道二年（1166）四月十八日，台臣王伯庠参张孝祥专事游宴，张孝祥因此被罢知静江府兼广西经略安抚使。面对王伯庠的构陷，张孝祥心中自是郁郁不平的。然而，观赏完訾家洲，他的不平之气似乎被眼前的山水拂去了。"归鞍乘晚霁，空翠满轻装"，傍晚时分，张孝祥骑着马迎着晚霞踏上归途。雨后初晴，空气湿润，他单薄的衣裳上沾满了青翠的湿气。此句颇有王维《山中》所写"山路元无雨，空翠湿人衣"之韵味。风雨飘摇之中，眼前的山水，百姓安居乐业的画面带给他内心的平和安静，才短暂治愈了他被贬谪的悲凉。

訾家洲以柳宗元《桂州裴中丞作訾家洲亭记》而闻名。然而曾经著称于天下的名胜，如今只留下断壁残垣。亭台楼阁虽俱去，青山秀水犹尚存。相比前人的遗憾之情，张孝祥更关注眼前如诗画般的美景。即将离桂，他带走的也许不止满身空翠，更有心底印刻的桂林訾洲。

（熊逸文）

回看瘴岭已无忧
——范成大《严关》评析

严关
范成大

回看瘴岭已无忧，尚有严关限北州。

裹饭长歌关外去，车如飞电马如流。

——选自〔宋〕范成大著，富寿荪标校《范石湖集》卷十五，上海古籍出版社，2006 年

【评析】

　　位于广西桂林市兴安县的古严关，是一座有着悠久历史的关隘，自唐宋以来，它便是扼守湘桂的咽喉要道和兵家必争之地。千百年来，严关不仅见证了广西的历史变迁和与中原的经济文化交流，同时也引发了历代南下文人浓浓的乡愁和深沉的人生感慨。

　　宋孝宗乾道年间，范成大以中书舍人、集英殿修撰出知静江府兼广西经略安抚使。在他南下之旅笔记《骖鸾录》中记录了首见严关的印象："两山之间，仅容车马，所以限岭南北。相传过关即少雪有瘴。"范成大在领到广西任命时，心情是复杂的，但桂林奇秀的山水和淳朴的民风使他心有所安，所以范成大极少流露出

飘零无依的感受，在公事闲暇，遍游独秀峰、七星岩、栖霞洞等名胜，吟咏不辍。他对桂林的风土人情由衷喜爱，并在与全国的名山奇峰比较后，给予桂林山水以天下第一的评价："桂之千峰，皆旁无延缘，悉自平地，崛然特立，玉笋瑶簪，森列无际，其怪且多如此，诚当为天下第一。"（《桂海虞衡志·志岩洞》）甚至在朝廷将其调任天府之国——成都时，他还尝试上疏辞谢，并在赴蜀途中恋恋不舍，写作《桂海虞衡志》一书，记录桂林的山川名胜和风土人情。范成大于宋孝宗淳熙二年（1175）二月取道湖南入蜀，再过严关，写下了《严关》和《施进之追路出严关，且写予真，戏题其上》两首诗歌。正因为范成大对广西、对桂林山水

古严关

风物有着由衷的感情，而此次过严关，又是前往繁华富庶的成都，所以两首严关诗都表现出难得的雍容和洒脱。

诗人行至关内，回望粤西的崇山峻岭，虽然自己在当时中原人士谈虎色变的瘴岭之地为官两年，却感受到了此地鲜少人知的奇山秀水和官民相得的融洽，但正如其《桂林中秋赋》中所言"今又飘飘而桂海兮，宾望舒于南疆；访农圃之昨梦兮，杳征路之三千"，游宦之中难免有"此生役役"的感慨。故此番北归，过了严关，已身处北州，所以诗人说"回看瘴岭已无忧，尚有严关限北州"。首联诗句，通过回望瘴岭，交代了此诗乃过关北归时所写，也通过"无忧"一词表达了此时内心的欣慰，而"尚有严关限北州"一句不仅使首联因倒置的句法而有曲折之妙，更表达了严关为极南北之限的重要地理意义，在群山错落、巍峨峭壁之间的严关正如诗句所言，于悠久的历史长河之中，一直发挥着扼守南北的作用，有了严关，无论是关内还是关外发生战乱，都能使另一边安危无忧。

如果说首联突出了严关扼守要冲、阻断危险的作用的话，尾联则更加突出严关沟通南北、促进经济文化交流和发展的重要意义。"裹饭长歌关外去"，诗人备好行装，由此北归，前往锦城成都，长歌而去，心情极为舒畅、极为洒脱。"车如飞电马如流"写出了自己愉快的心情，就像李白离开白帝城"千里江陵一日还"，"轻舟已过万重山"。在广西两年多终于北还，内心充满喜悦之情自是理所当然。

（戴永恒）

仰看河汉明，俯视群山苍
——张栻《七月旦日晚登湘南楼》评析

七月旦日晚登湘南楼
张栻

文书稍去眼，日夕进微凉。

高楼一徙倚，清风为我长。

渔父荫深樾，归人度浮梁。

仰看河汉明，俯视群山苍。

平生会心处，于此故难忘。

旧闻水东胜，岩峦发天藏。

岂无一日暇，勇往聊徜徉。

民瘼未渠补，况敢怀乐康。

天边云物佳，似复为雨祥。

秋成倘可期，岁晚或自强。

当从农家鼓，一历水云乡。

——选自傅璇琮等主编《全宋诗》卷二四一六，北京大学出版社，1998年

【评析】

　　淳熙二年（1175），张栻赴静江府任，直到淳熙四年（1177）。张栻到任后，励精图治。《七月旦日晚登湘南楼》写结束公务之后登临湘南楼的所见所感。

　　张栻这首诗的前两句交代了诗歌创作的时间和地点，接下来作者开始描述自己在湘南楼上所欣赏到的美景美色。透过繁密的树荫，看到打鱼而归的老渔翁。张栻登高望远之时已是傍晚，渔翁定然是打了一天的鱼，满载收获划船归家。与此同时，人们也正在穿过浮桥回家。张栻站在湘南楼上抬头就看到了晴朗的银河星空，低头向下看便是一片苍茫壮阔的群山。渔翁划船归家、外出的人渡桥归家这两幅动景的画面与晴朗的星空、苍辽的群山这两幅静景结合，生动形象地描绘出一幅暮色下以天空与山峦为背景人们归家的温馨画面。曾经听说漓江之东的七星岩一带风景十分优美，天然形成的岩石层峦叠嶂。我在桂林当知州的时间里，难道没有一天的闲暇时间去游览这些美景名胜之地吗？作者在前面极力表达自己对美景美色的喜爱。但是对于颇负盛名的水东，却仅仅是听说过。没有时间去游览欣赏山水美景，就连登楼也只能在忙完文书之后的傍晚。这种对比情况下所产生的疑问，在诗歌中起到了承上启下的作用。不同于一般诗歌的写景后直接抒情，作者通过反问的手法铺垫抒情部分。

　　"民瘼未渠补，况敢怀乐康"是作者最真挚情感的抒发，也对上联"岂无一日暇，勇往聊徜徉"的原因做出了解答。百姓的疾苦还没有得到改善解决，我怎么敢安心游玩呢？张栻被外派到桂林知静江府兼广南西路安抚使，是怀揣抱负、要有所作为的，但人民贫穷、盗贼不断，普通温饱的生活都很难满足，长年累月积累下来的弊政繁多，因而百姓每日都被生存所困扰。张栻一上任就要处理这些问题，自然是无心去欣赏桂林的秀美景色。

接下来的虚实描写更是凸显了张栻的殷殷期盼。空中云彩聚积成团，似乎是有下雨的征兆。七月的大雨倾泻下来，滋润土地，促进作物生长。因而今年秋收可以期待一下，到了年末的时候就能增加百姓的收益，让他们过得更好。这两联诗歌中，前一联实写，写在湘南楼远眺天边云景；后一联虚写，虽然这场雨还没有到来，但作者似乎已经看到了秋收时的大丰收，年末时百姓过上不为果腹担心的日子了。一实一虚的描写，体现了张栻关心百姓疾苦，一心为民之情。最后一联"当从农家鼓，一历水云乡"，实际上也是张栻对于桂林未来能够安定和谐的美好愿景。在这首诗中张栻关心的重点一直都是民生方面，他希望桂林的百姓可以过上衣食无忧、生活富足的日子。

张栻于农历七月初一傍晚登上湘南楼欣赏桂林的风景，但在诗歌中自然风景的描述所占比重并不多，全诗描绘的重点依然是在百姓身上，就连远眺天边的云彩，所联想到的也是百姓岁末秋收的问题。全诗充分体现了张栻关注民瘼、忧虑民生疾苦之情。虽然在桂林做官不久，但他政绩颇得民心。在他离任后桂林的百姓依然对他赞不绝口。刘克庄《禊亭》有云："年年春草上亭基，父老犹能说左司。"可见其不凡成就。

（曹文怡）

桂林佳绝处，人道胜匡庐

——戴复古《观静江山水呈陈鲁叟漕使》二首评析

观静江山水呈陈鲁叟漕使

戴复古

一

桂林佳绝处，人道胜匡庐。

山好石骨露，洞多岩腹虚。

峥嵘势相敌，温厚气无余。

可惜登临地，春风草木疏。

二

昨者登梅岭，兹来入桂林。

相从万里外，不负一生心。

湖上千峰立，樽前十客吟。

讥评到泉石，吾敢望知音！

　　——选自〔宋〕戴复古著，金芝山点校《戴复古诗集》，浙江古籍出版社，1992 年

【评析】

戴复古是南宋江湖诗派的代表诗人。他布衣一生，游历江山，留下大量诗作，在南宋诗坛上"负盛名五十年"。宋人吴子良评戴复古的诗"清苦而不困于瘦，丰融而不蒸于俗，豪健而不役于粗，闲放而不流于漫，古淡而不死于枯，工巧而不露于斫"。戴复古受其父影响，立志学诗，后科考不顺，选择了游历江湖，他的足迹遍布大江南北。

戴复古游历山川四十余年，三次出游，最后一趟旅程时诗人出梅岭，游广州，在古稀之年来到了桂林。即使诗人见多识广，也不免惊讶于桂林山水的奇绝秀美，留下了数首诗篇，《观静江山水呈陈鲁叟漕使》二首便是他总览桂林风光后一挥笔墨呈给地方官陈鲁叟的作品。

第一首主要写桂林之山奇险怪峻。诗人开篇就毫不掩饰自己的赞美之情，借他人之口将桂林之山与庐山相比，称赞桂林风景秀丽不输名山。桂林山清水秀洞奇石美，是世界岩溶峰林景观发育最完善的典型，有着举世无双的喀斯特地貌。他准确地抓住了它的特征。桂林的山，在南方的秀美温婉中有着独特的个性，其石裸露峥嵘，其洞曲折迂回，极险极奇之处与中原之山截然不同，自有其灵动之势。这种迥然不同的视觉冲击自然是新鲜的，也难怪诗人说一句"温厚气无余"。尾联写春日登临，绿意生机也掩不住石骨嶙峋，一柔一硬，既有生的欢愉也有无的寂静，这难道不能引起诗人矛盾而复杂的感受吗？

第二首则不若前一首特写般的视角，诗人以散文笔法起笔，

简单交代自己的入桂之路。梅岭就是大庾岭，南北朝时期，就开始在岭上种梅花，这也是"梅岭"之名的来由。唐代，它就成了贬谪士人和文人骚客心中中原与南疆的文学地理分割线，与玉门关、阳关类似。过了梅岭，就意味着彻底离开了中原故土，远走他乡。南朝宋陆凯《赠范晔诗》有"折梅逢驿使，寄与陇头人"。唐代宋之问《度大庾岭》有"魂随南翥鸟，泪尽北枝花"；《题大庾岭北驿》有"明朝望乡处，应见陇头梅"。可见它是极特殊的文学地理意象。诗人自述自己即使在万里之外，也与知己以心相随，在桂林这美丽的山水间行船，千峰映于湖中，樽前笑语十友。大家一边喝酒一边点评山水。"泉石"既是自然山水中的泉水山石，但在中国传统诗歌中也多涉及隐逸于山水之间这一话题。尾联既可能是隐逸色彩的隐喻，也可能是诗人的自指，或许，诗人在此也有着表达"无人能理解其隐逸之趣"的意思。

（黄恒靓）

芦花深处歌竹枝
——刘志行《訾洲烟雨》评析

訾洲烟雨
刘志行

渔翁披蓑侵暮归，家家买鱼趁晚炊。

沙汀草树远复近，一簇两簇青冥迷。

芦花深处歌竹枝，人间风浪那得知。

明朝雨过杜若长，定有采药仙人来。

　　——选自〔清〕汪森编辑，桂苑书林编辑委员会校注《粤西诗载校注》卷六，广西人民出版社，1988 年

【评析】

　　宋代曾官知藤州的刘志行留有八首七言古诗，《訾洲烟雨》是其中之一。訾洲岛，漓江上最美的沙洲，最初，岛上有一户訾姓人家居住，因而得名。訾洲岛开发始于唐朝元和十三年（818）。当时裴行立来到桂州，担任桂州刺史兼桂管观察使，开始开发建设訾洲岛。柳宗元迁谪柳州途中经过桂林时应裴行立邀请，写下了《訾家洲亭记》，其中"今是亭之胜，甲于天下"最早把甲天下与桂林山水联系起来。

　　这首《訾洲烟雨》写的是傍晚漓江边人们的活动和自然景色。已是傍晚，夕阳还有最后一抹余晖，旁边的漓江，烟水迷离，宛若想象中"訾洲烟雨"的样子。訾洲烟雨，是古代桂林八景之一。首句"渔翁披蓑侵暮归"，傍晚对于辛勤打鱼的渔翁来说是幸福的，因为可以脱去一身的疲惫，映着落日，往回家的方向行舟。"侵"有渐进之意。而傍晚又是热闹的，"家家买鱼趁晚炊"，一句话使得开头的宁静氛围一下变得有了烟火气息，而"家家买鱼"又显示出这里人们的生活较为富裕和祥和，照应开头的"渔翁"。"趁"字写出了大家做晚饭时的迫切，趁着傍晚夕阳还在，乡亲们纷纷借着光赶紧做一家的晚饭。

　　第二句写景实写，在黄昏余光的映衬下，水中沙地上的绿草和树木忽远忽近，在青色的天空下显得朦胧神秘，写出了傍晚的天空之景和附近所见的景物。下句转而虚写，虚虚渺渺的"芦花深处"有人在歌唱《竹枝词》，歌声由于距离遥远，传到诗人耳中悠悠扬扬已经辨不清楚具体方向，只能隐隐感知是从水中的芦花处传来的。人世间艰难险阻那么多，哪里能够事先预知呢？《竹枝词》本是刘禹锡被贬时学习民歌所作的词，用于此处也表现了诗人对于人生风雨遭遇的感慨，人生在世，如漂泊的芦草一样，很多事是个人力量阻挡不了的，仕途上尤其如此。

　　但诗人并未消沉哀怨，而是展望明天——"明朝雨过杜若长"。杜若是一种植物，又有象征人的品格高尚、优雅之意。雨后杜若繁茂生长，同样是诗人叙述自己的志向品格愈见高雅脱俗，所以他有自信"定有采药仙人来"。此处的"采药仙人"一方面是被杜若吸引而来，而另一方面是为作者而来。采药人在中国古典诗歌意象中还有隐居避世、归隐求仙修道的含义。如李白《悲清秋赋》："归去来兮，人间不可以托此，吾将采药于蓬丘。"苏轼《秀州报本禅院乡僧文长老方丈》："明年采药天台去，更欲题诗满浙东。"所以作者用于此处，也同样表达了自己想要辞官归隐、寄情山水的愿望，照应了开头的"渔翁"。渔父樵夫在山林间自由生活，不受世间凡俗之礼的约束，所以"渔翁"也表示闲适。"渔翁"还是一位旁观者，因为置身事外，所谓"不在庐山"，可以对世事有一种洞若观火的角度和立场，诗文中这类形象往往代表着"大智慧"。总之，这类形象代表着任情不随于俗，举止不拘礼法，纵酒任性，放荡不羁，是古代读书人不能而又向往的一种境界。作者此诗同样委婉地表示了他的渴望寄情山水，不为世俗烦心的愿望。

（闫雪婴）

元明：踏遍故乡的山水

身世云霄上，飘然思不穷
——伯笃鲁丁《逍遥楼》评析

逍遥楼
伯笃鲁丁

身世云霄上，飘然思不穷。

晴山排翠闼，暮霭闷琳宫。

牧笛残云外，渔歌落照中。

蓬莱凝望眼，隐隐海霞红。

　　——选自〔清〕汪森编辑，桂苑书林编辑委员会校注《粤西诗载校注》卷十，广西人民出版社，1988 年

【评析】

　　伯笃鲁丁，又名鲁至道，元代著名诗人。他于至元三年（1337）到广西任肃政廉访副使一职，到至正元年（1341）则由礼部侍郎迁任为秘书太监。其后，他还担任过一些其他的职务，如赣州路达鲁花赤、建州路达鲁花赤等，但生卒年不详。伯笃鲁丁虽然留存的诗不多，但有两首经典的作品，一首是本诗《逍遥楼》，另一首则是《浮云寺》。

　　本诗写诗人伯笃鲁丁忙完公务后，在一个晴朗的傍晚，登上

逍遥楼石碑

了逍遥楼，这或许是他期待已久的。"逍遥楼"三字出自颜真卿之手，该楼始建于唐武德四年（621），由时任桂州总管的李靖主持。他以独秀峰为中心修筑桂州城，称为"子城"，逍遥楼就坐落在子城的城墙上。这也是中原人士经湘桂走廊进入桂林举目可视的标志性建筑，唐代诗人宋之问流放到桂林时，登上逍遥楼写下了"逍遥楼上望乡关，绿水泓澄云雾间。北去衡阳二千里，无因雁足系书还"。

《逍遥楼》一诗，从"身世云霄上，飘然思不穷"可以看出，诗人被所见景色迷住，仿佛有一种置身云霄之上的感觉，这样的感受促发了他许多的思考。诗人又看向远处，正是"晴山排翠闼"，此刻天气晴朗，山山落晖，翠闼错落，令人流连忘返。"暮霭闭琳宫"，再抬头望去，暮霭沉沉，天上金光错落，仿佛就像天上的仙宫正隐隐关闭。再俯首看去，人间又是怎样的景象呢？牧笛声好像从残云外袭来一样，斜阳中渔歌声声入耳，声音和落照交融在一起，于是有了"牧笛残云外，渔歌落照中"的独特感受。夕阳西下，时间渐逝，诗人又从高处凝望，仿佛身处蓬莱，看到远处海霞隐隐约约泛红。

此诗最重要的是出自元代回族诗人之笔，且巧妙的是不直接落笔逍遥楼，而是着力写从逍遥楼看出去的美景，不一定是实写，可能加入了诗人的想象，然而，诗人笔间流露出一种超然物外的飘逸和悠然的田园风味，诗句中可以看出诗人对于逍遥的领悟。总之，伯笃鲁丁的这首诗，为逍遥楼涂抹上了精彩的一笔，这足以引发今天我们对逍遥楼外景象的无限遐想。

（高文绪）

揽辔倦行役，徘徊思故园
——蓝智《河池县险路》评析

河池县险路
蓝智

连峰入河池，险路瑶人村。

乔木尽参天，白日为之昏。

上有高石崖，下有清水源。

萧萧篁竹丛，落日闻哀猿。

职当观民风，载驱隰与原。

瘦马嘶不动，瘠童行似奔。

山川秋气高，鹰隼宜飞骞。

俯念远人思，仰惭父母恩。

东郊有茅屋，时稼绕衡门。

揽辔倦行役，徘徊思故园。

——选自〔清〕汪森编辑，桂苑书林编辑委员会校注《粤西诗载校注》卷四，广西人民出版社，1988 年

【评析】

　　蓝智,字明之,明代崇安(今福建武夷山)人,洪武中以明经举,任广西按察司佥事。蓝智在广西任职期间,创作了许多游历诗、怀古诗,如《柳州怀古》堪称代表作,既展现了广西的山水风光、风土人情,又表达了诗人内心的丰富情感,风格多雄浑悲壮。

　　河池市地处广西西北部,位于云贵高原的边缘,境内崇山峻岭,森林茂密。但因地处偏僻,人烟稀少,显得特别荒凉。蓝智是福建崇安人,对于南方的山水自然也很熟悉。只是河池的山水有其特别之处,蓝智以其敏锐的眼光,看到了河池山水的独特。首先是"连峰"和"险路"。河池一带的山,一座连着一座,连绵不绝。这样的山,要想通行,自然有一定的难度,只能沿山而走,走在山脚下,还要担心头上的"高石"。二是"昏"。这个昏,一方面当然是山高,另一方面则是林密。人走在山下,自然会感觉到昏暗。这就颇有一种"好峰随处改"的感觉,又有"青霭入看无"的特点。

　　在这样的山路上行走,马都很困难。不过,当地人可没有这种问题。诗人说,当地的那些瘦弱的小孩子,在这样的山上行走,就像是跑步一样,走得飞快。广西西北部山区山高林密,而且偏僻荒凉,行走不便,但是当地人经常在这样的山区生活,爬山对他们来说,就不是什么问题。

　　"职当观民风",走在这荒凉的山路上,诗人可没有什么心情欣赏山水。这样的山路,不仅仅是险要,而且长满了竹子,还能听到哀啼的猿声，黄庭坚当年说黄几复在广东是"隔溪猿哭瘴溪藤"，蓝智是福建人，当然也知道广西的山水风物，所以在这样的山路上行走，自然会有一种强烈的思乡之情。他在诗歌中说自己"俯念远人思，仰惭父母恩"，表现对远方的思念，也表现对父母的思念。所以诗歌说"徘徊思故园"。

这种思念，建立在"倦"的基础之上。常年在外的羁旅之愁，行走路上的疲倦之情，在"揽辔倦行役"一句中得到直接的表现。诗人到广西为官，奔走于河池崇山峻岭之中，眼看着乔木参天、篁竹萧萧、猿啼鹰飞，在一种比较寂寞的环境中，人也很容易产生郁闷的心情。蓝智写这样的情感，自然也是与环境相结合的。

（莫山洪）

天空月好自歌吟
——吴廷举《梧州同心亭》评析

梧州同心亭
吴廷举

危亭兀坐省吾心，出入飞扬不可寻。

草洞风狂谁点缀？天空月好自歌吟。

林间彩绣花呈色，云外笙簧鸟度音。

敢向邦人夸昼锦？平生欠事海如深。

——选自〔清〕汪森编辑，桂苑书林编辑委员会校注《粤西诗载校注》卷十六，广西人民出版社，1988 年

【评析】

吴廷举，广西梧州人，成化年间进士。他为官清廉、励精图治、疾恶如仇。吴廷举很有诗才，诗歌风格多样，前期的作品大多俊逸英爽、雄放绮丽，后期的作品大多属于感怀身世坎坷之吟。《梧州同心亭》便是吴廷举的代表作。梧州在明代属于广西布政使司苍梧道梧州府。同心亭，是梧州当地的一座有名的亭子。

诗的题目交代了吟咏对象。这是一首写景抒情诗，抒怀感兴、写景生动、意境优美。吴廷举通过优美的文笔，灵巧的心思，描绘了他家乡梧州的一处美丽风景——同心亭，并且即景抒怀，使本诗读起来颇具艺术感染力。"危亭兀坐省吾心，出入飞扬不可寻"，诗人一开始就提到了这处风景的名字，以"省吾心"和"同心"相互照应，直接为诗的主题服务。"危亭"指高耸的楼亭。"兀坐"指的是端坐。"省"则是反省、察看的意思。"飞扬"原义指放纵，可以引申为兴奋得意，精神焕发。诗人独自在高高的亭台之上，巍然地端坐着，他登高望远，好像若有所思。就像白居易曾有诗云："危亭绝顶四无邻，见尽三千世界春。"实际上，诗人是在自我反省，他有一种强烈的今昔对比之感，过去的意气风发、一腔热血现在已经寻觅不到了。

"草洞风狂谁点缀？天空月好自歌吟"，诗人在颔联中进一步地提出了自己的疑问，这使我们对首句中的"省吾心"有了更加深刻的理解。"狂"指气势猛烈。"空"则指的是空旷、辽阔。"风狂"借"草洞"以寓意，韵味悠长。"谁点缀"明显是化用了苏轼在《六月二十日夜渡海》中的名句"云散月明谁点缀"。这句诗经过吴廷举的点化之后，体现出了幽深奇特的意境。天空旷远、辽阔，夜晚的月亮也非常美丽，对此美景，诗人心情舒畅，悠然地歌唱吟诵。

"林间彩绣花呈色，云外笙簧鸟度音"，颈联诗人运用了十分生动的比喻，表现了一种悠然闲适之态，写景优美动人。林间繁花盛开，花儿颜色繁复，就像彩绣一样非常美丽。鸟鸣声悦耳动听，就像笙簧等乐器发出的美妙旋律一样。"云外笙簧鸟度音"化用了吴镇的名句"繁杏依村鸟度音"，足见诗人的功力深厚。

　　"敢向邦人夸昼锦？平生欠事海如深"，诗人在尾联进一步地抒情。"邦人"指的是同乡之人，"昼锦"喻指贵显还乡。诗人心怀强烈的热情，诉说他不敢向乡人显示自己的富贵之态，心里只是觉得愧对家乡的父老乡亲，辜负了乡亲们对他的殷切期望。他觉得这辈子经历了很多不如意的事，世事烦扰，就像海水一样深。尾联感人至深，意味悠长。韩愈在《喜侯喜至赠张籍张彻》中曾云："今者诚自幸，所怀无一欠。"在这里诗人反用其意，将心中的一腔激情抒发殆尽。

　　总之，吴廷举的诗作虽然大多已经不传于世，但是他在诗歌上的才华天赋以及高尚的品格修养，无不令人欣赏赞叹。

（卢雅雯）

恍疑在图画

——蒋冕《曩予家食时尝游城西之湘山寺作数小诗今书遗寺僧觉静》评析

曩予家食时尝游城西之湘山寺
作数小诗今书遗寺僧觉静

蒋冕

其一

孤塔望中青，钟声隔烟树。

朝暮见云飞，不见云归处。

其二

何处来笙竽，风自松林过。

老禅寂无闻，日午犹高卧。

其三

山色自古今，鸟声时上下。

我来豁尘襟，恍疑在图画。

其四

杖藜叩禅扉，来坐松下石。

嚣寂已两忘，何苦分心迹。

——选自〔清〕梁章钜《三管英灵集》卷四，道光桂林汤日新堂刻本，国家图书馆藏

【评析】

　　蒋冕，广西全州人，明嘉靖年间曾官至少傅、户部尚书，对朝廷有救危匡正之功。同时，蒋冕也是广西的一大才子，诗、词、文兼善，著有《湘皋集》《琼台诗话》等。蒋冕的家乡全州有许多名胜，他曾遍游这些名胜，并写下了许多诗歌。此诗便是其中的代表之作。诗人用组诗的形式，描写了全州城西素有"楚南第一名刹"之称的湘山寺之美景，抒发了游寺时脱去尘俗、平静安宁的心情；诗歌语淡意浓、清丽隽永，很能体现蒋冕神逸内秀、灵动酣畅的诗歌风格。

　　其一写远望湘山寺。在一片青山之中，佛塔掩映，寺庙深沉而绵长的钟声穿过茂密的烟树。第二联巧用寺内庵名，构成双关的意蕴。根据蒋冕自注，湘山寺有庵，名云归庵。因此这句诗既以"云归"指代湘山寺，"不见云归处"写出其藏于深山，幽深的地理环境；同时，风景秀丽的湘山，清晨和傍晚云霞飘飞，但只见云起，不知归处，自然之道总是如此幽窈难寻。此句给诗歌注入了禅趣，带给人遐思。

　　其二写生活在湘山寺僧人的悠闲自得。湘山寺里松涛之声，仿佛清亮动人的笙竽曲。李群玉《文殊院避暑》诗云："松声入耳即心闲。"这天籁般的松涛之声真能洗却世间凡尘，看那湘山寺的老僧早已身心清寂，到了中午仍高卧不起呢。诗歌通过对湘山寺清幽环境和僧人悠闲自得生活状态的描写，表达出对摆脱世事烦扰、保持内心清静自得的生活状态的向往。

　　其三写山上远眺的感受。首联分别从时间和空间两个方面着笔，描绘远眺的景致，苍翠高峻的山峦是那么的博大，亘古不变，山色前是上下翻飞的禽鸟，不时传来清脆悦耳的鸣叫。作者巧妙地将动与静、色彩与声音的描写和谐地融入一幅图景中，整个画面在时间和空间两个维度上扩展，涉笔简练、构思精巧，意境阔大。尾联直接抒发远眺时的感受，来湘山寺游览是为了暂忘尘俗，开阔胸襟，看到眼前的景色，恍然间有身入画境的感受，图画一句正和首联的写景呼应，使全诗诗意圆融。

其四写访寺。诗人来到寺门前，杖藜轻叩寺门，与僧友在寺内苍松下的石头上促膝座谈。清幽脱俗的环境淘洗了诗人的心境，旨趣相投的清谈让诗人忘却了机心，进入了物我两忘的境界。

蒋冕的这组诗歌，分写了游览湘山寺的四个片段，但四首诗又非彼此分离，而是以诗人游寺的经过贯穿起来，相互联系为一个整体。其一是于山下远望湘山寺，也总写了湘山寺所处的整体环境；其二则是湘山松林的近景，着笔于美妙的松涛声；登山来到寺前，而僧友高卧未起，故有第三首的山上远眺，随着诗人视角的转变，写景又由近而远；其四则叙写与僧友松下相谈忘机的情景，则又回到近景，而诗人此刻淡然的心境则不仅由于与僧友的相得，也在于湘山寺清幽脱俗之环境的陶冶。因此第四首诗也是对前三首诗完美的总结。组诗的形式，使诗歌既体现了五言绝句清丽流转的特点，又突破了五言绝句的篇幅限制，大大增加了表情达意的功能。四首诗就像联幅画卷一般，既单独成章，合起来又构成了统一完整的诗境，将湘山古刹的"清"和"静"生动地展现在读者面前，使人有身临其境之感。

（戴永恒）

莫陋夷方不可居
——王守仁《南宁二首》（其一）评析

南宁二首
王守仁

其一

一驻南宁五月余，始因送远过僧庐。

浮屠绝壁经残爇，井灶沿村见废墟。

抚恤尚惭凋弊后，游观正及省耕初。

近闻襁负归瑶僮，莫陋夷方不可居。

——选自〔明〕王守仁著，王晓昕、赵平略点校《王阳明集》，中华书局，2016 年

【评析】

明嘉靖六年（1527），由于明朝统治者在广西施行改土归流政策，罔顾当地民俗，导致广西爆发了震惊一时的思田之乱。思田之乱爆发后，提督两广都御史姚镆平叛不利，官军屡战屡败，广西境内动乱持续，局势日渐危急。于是朝廷连忙征诏在家乡教学授徒的王守仁以原官兼任左都御史，总督两广兼巡抚，并赐予王守仁铁券和岁禄，令王守仁领兵平定广西的叛乱。王守仁的

《南宁二首》就创作于嘉靖七年（1528）他来广西平乱之时。

　　诗歌一开始描绘了王守仁在南宁经历的时间以及初到南宁的原因。王守仁于嘉靖七年（1528）二月就已经在南宁平定了祸乱一时的思田之乱，这年七月，他又继续平定了八寨和断藤峡之乱，两次平叛所耗费的时间共计五个多月，所以王守仁说自己是"一驻南宁五月余"。而初到南宁的原因，王守仁则戏称是因为自己被众人欢送得太远，因而不能寄宿到路途中的寺庙里。原来王守仁在从家乡浙江前往广西的一路上都受到了沿途群众的热烈欢迎。王守仁在《过新溪驿》中描写了百姓夹道欢迎他的热烈场面："壶浆远道及从行"，在这样的盛况下，就连当时素来反对王守仁

王守仁

学说的儒生唐尧臣都感叹道："三代以来，安有此气象耶？"从此也可看到王守仁在当时拥有着非常高的声誉。

第二联则写到了王守仁在前往南宁的路途上看到的都是战乱后残破衰败的景象。路边的村庄饱受战火的摧残，只留下成片成片的废墟，空无人烟，甚至建在绝壁之上的寺庙也遭受了战火的荼毒，思田之乱的战火给百姓带来的沉痛影响从这里可见一斑。

第三、四联描绘的则是王守仁平定叛乱之后广西生机勃勃的景象。在战乱平定之后，广西的经济民生虽然依然比较凋敝，人们仍然惊魂未定，但农民已经能够在和平的环境下耕种了。王守仁还了解到许多饱受战乱荼毒的瑶族、壮族等少数民族聚居村落有婴儿诞生，随着战后新生命的降临，广西的全面复苏指日可待，这里再也不是不宜居住的化外之地了。

广西战乱的结束以及经济的复苏得益于王守仁来到广西之后所实行的军事以及文化政策。在军事上，他采取了"招抚为主，剿杀为辅"的方针。王守仁的军事策略大获成功，思田叛军被招抚，而八寨以及断藤峡的乱贼在当地为害百姓，并无归降之意，难以招抚，于是王守仁率领思田之乱的降军，大败八寨、断藤峡的乱贼。战斗结束后，王守仁还特地写下了《破断藤峡》《平八寨》两首诗来庆祝这来之不易的胜利。王守仁对八寨、断藤峡之乱的征讨不但使思田降军能将功补过，也使得广西重新获得了一个来之不易的和平安宁的环境。

（肖悦）

何处望长安

——戴钦《兴安道中遣兴》评析

兴安道中遣兴

戴钦

不是天涯子，谁知行路难。

高江吞地转，翠嶂倚云蟠。

斗口牵肠曲，龙塘照胆寒。

万重烟树外，何处望长安。

——选自〔明〕戴钦著，滕福海、石勇校注《戴钦诗文集校注》，巴蜀书社，
2014 年

【评析】

戴钦，广西马平县（今柳州市）人。戴钦生活在明朝中叶，他和同时期的周琦、佘勉学、徐养正、张翀、佘立、孙克恕、龙文光并称为"柳州八贤"，其中文学成就最高、最著名的是戴钦。这首《兴安道中遣兴》应该是在他离开广西，经过兴安县途中所作。正德九年（1514），戴钦中进士后开始走入仕途，在京城和外地做官。作为一个常年在外为官、远离家乡的游子，戴钦时常有漂泊思乡之感。

首联"不是天涯子，谁知行路难"在一开始就抒发了诗人的这种情感，感叹不是羁旅天涯的游子哪里能知道这种孤身在外的艰难与辛酸呢。颔联描写了诗人在路上所见的景色，滔滔江水吞没岸边的滩涂，青翠宛如屏障的山峰屈曲环绕，依偎着山间的云团。如此空旷清冷的环境已经让人心生寒意，接下来的一句更增添了几层寒凉。灵渠的陡门是如此狭窄曲折，龙塘的水是如此幽深，此刻的景象不禁使人感到寒意。万重烟树缥缈朦胧看不到尽头，不知道哪里是京城所在。"万重烟树外，何处望长安"写出了诗人的无限感叹。"烟树"这一意象在唐诗中屡见不鲜。戴钦诗语言清丽，明代丘养浩评价他的诗"清新丽则"，清代汪森说他"清新俊逸"。"清新"是说描写景物所用的语言清新动人，"丽则"是说他的诗语言华丽而又讲究法度。

除这首诗外，戴钦还有一首五言律诗《闻老父欲来京久不至》也深切表达了他的天涯游子之情："青云长羡鸟，明月倍思家"，"扁舟何日到，目断楚天涯"。戴钦在京中做官，老父亲不远万里要来看望他，此刻的诗人思乡之情更加浓烈，望着天上的明月更加思念故乡，望眼欲穿却久久不见父亲的船来。同样是表达天涯游子思乡之情，《兴安道中遣兴》更多的是诗人凄凉清冷的心境，而这首诗却更多地表现了诗人急迫而又充满期待的心情。

（闫晗）

青山四时常不老

——董传策《青山歌》评析

青山歌

董传策

青山高，千峰石笋插层霄。

青山下，江水平铺村影射。

青山小，卷石嶙峋竹啼鸟。

青山大，五象星罗吹响籁。

青山晴，波光万顷盘蛇城。

青山雨，烟霭迷茫罩松树。

青山风，蛟龙吼怒凌长空。

青山月，青螺一点银盘突。

青山暝，渔歌欸乃摇江铃。

青山晓，玉露瀼瀼断林杪。

青山清，一股泉飞石上声。

青山四时常不老，游子天涯觉春好。

我携春色上山来，山花片片迎春开。

仙人云盖飘亭子，泉水之清泂且美。

我爱泉清濯我缨，白云袅袅衔杯生。

披云直上昆仑顶，鞭龙一决翻沧溟。

却洗尘氛破炎昊，路上行人怨芳草。

——选自〔明〕董传策撰《采薇集》，四库全书存目丛书本，齐鲁书社，1996 年

【评析】

董传策，明嘉靖二十九年（1550）进士，因上疏弹劾严嵩而遭贬谪，从嘉靖三十七年（1558）至隆庆元年（1567）谪戍南宁十年。谪居广西期间，广西山水是董传策着力描写和吟咏的对象。特别对南宁青秀山，他更是情有独钟，喜爱至极，甚至以"青山主"自居，并写下了《咏青山泉》《响泉歌》《冬日青秀山送客》《秋日诸友泛舟出青山》等诗。

广西的山水风物陪伴着董传策度过了漫长的贬谪岁月，他将生活和情感托付给广西的山山水水，所作诗文为广西文化增色不少，尤其是他对青秀山的大力吟咏和建设，使得青秀山得到后人的注意和青睐。

董传策的《青山歌》以"歌"的形式作诗，对青秀山尽情歌咏。诗歌开头二十二句，借用民歌句式，全部采用三言句加七言句的形式，从远近视角、天气变化、光线明暗、时间变换等对青秀山进行全面而立体的描写。《青山歌》既有江村倒影、江水悄然流淌的静景，也有山间鸟鸣、风送响籁的动态描写；既有"波光万顷盘蛇城""蛟龙吼怒凌长空"的雄阔浩大，也有"烟霭迷茫罩松树""渔歌欸乃摇江铃"的清新秀丽。《青山歌》第一部分

青秀山公园入口

三言句加七言句的构诗形式，语气短促与和缓相结合，起伏跌宕，跳跃性很强，读之朗朗上口，充满音律变化之美。这部分多角度、多方面展示了青秀山之美，令人沉醉。

　　诗歌接着写诗人游览青秀山的时间。在诗人看来，青秀山四时都是美好的，但春天尤为可爱。青秀山的春天，山花烂漫，似乎等着诗人的到来，诗人与春天与青秀山融为一体，不分你我，恍惚之间，分不清春天是自来的还是诗人携来的，可见董传策对青秀山的沉迷程度。最后写青秀山的泉水和白云，诗人陶醉于青秀山的美景，似乎白云飞来给亭子作盖，他在亭子边取水饮用，一杯接着一杯。董传策以青秀山的清泉洗涤系冠的丝带，其实丝带也代表了他的内心，他要在这混浊的世间保持他高尚的情操、纯洁的品质。此外，董传策不满足于个人的清静自守，他还要披着青秀山的白云飞上昆仑顶，洗净尘世的污秽，给天下带来一派清凉。

　　《青山歌》从青秀山优美景色入手，热情洋溢地描写了青秀山动态静态、雄伟清丽等景色，进而引出诗人坚守自我、敢于同恶势力坚持斗争的远大志向。董传策因上疏弹劾严嵩遭贬，广西山水尤其是青秀山安慰了他的失落和愁苦，也是青秀山纯洁唯美的景色、雄迈壮阔的气势等特点激励他在保持自我的基础上敢于斗争、为天下人请命。因此，后人将青秀山上的泉水命名为董泉，泉上的亭子命名为董泉亭，使青山主人董传策的故事以及他的高尚品质能够流传百世，感动后人。

（梁观飞）

江似游龙曲向东
——张鸣凤《游尧山玉皇阁》评析

游尧山玉皇阁
张鸣凤

仙阁高邻上帝宫，石阑攀眺出晴空。

山如列宿齐朝北，江似游龙曲向东。

岂羡炼形堪驭鹤，尚怜奇气欲凌虹。

醉乡近在吾家侧，不用裁书寄朔鸿。

——选自〔清〕梁章钜《三管英灵集》卷五，道光桂林汤日新堂刻本，国家图书馆藏

【评析】

张鸣凤，广西临桂人，因为他的家就在桂林漓山（即象鼻山）下，所以晚年自号"漓山老人"。他留下了《桂胜》和《桂故》两部珍贵的历史地理著作，《四库全书总目提要》给予了极高的评价，认为这两部著作在"地方志中最为典雅"，可见他为桂林的历史文化做出了非常重要的贡献。

　　张鸣凤作为一位地地道道的桂林人，对家乡桂林有着非常深厚的感情。他喜爱游山玩水，尤其喜爱家乡桂林的奇山丽水，《游尧山玉皇阁》就是他在游览尧山之后写下的一首七律，表达了他对桂林山水的热爱。

　　桂林尧山与虞山隔着漓江相对，张鸣凤在《桂故》中记载，尧山在《后汉书》中称"驳乐山""辽山"，传说尧曾经到过桂林，而"辽"与"尧"读音相近，所以改称为"尧山"。尧山上曾经建有纪念玉皇大帝的玉皇阁，如今已经不复存在了。但是循着漓山老人的脚步，我们还能窥见几百年前尧山玉皇阁的风貌。

　　玉皇阁中供奉的是玉皇大帝。传说玉皇大帝总管着三界、十方、四生、六道中的一切因缘祸福。李白就曾在诗中写道："入洞过天地，登真朝玉皇。"所以诗人一开头就将供奉有玉皇大帝的阁楼形容为"高邻上帝宫"的"仙阁"。攀登上高耸入云的天宫阁楼眺望远方，万里晴空。既然是天宫，诗人自然而然运用了两个比喻将桂林的山水都比作天上的神物一般，令人心驰神往。他把气势磅礴的桂林诸山比作天上的星宿，向着北斗星朝贺，而曲折萦绕的漓江则如游龙向东流淌。道家讲究养形之术，"炼形"就是修炼自我形体，史书记载："又夜恒存赤气，从天门入周身内外，在脑中变为火以燔身。身与火同光，如此存之，亦名曰炼形。""驭鹤"指的是道教中崇尚的神仙驾鹤。诗人并不羡慕这样的神仙生活，而是满怀壮志和抱负，希望成就一番功业，足见诗人的博大胸襟与恢宏气度。在诗的末尾，诗人直接表达出了对家乡桂林的无限热爱与感激之情。诗人游览并陶醉于桂林山水之中，

尧山风光

感慨这样的绝美风光并没有远在天边，而是"近在吾家侧"，甚至无须裁笺写信给鸿雁，因为此刻他就身在家乡，不用远寄对家乡的思念了。

（林虹伶）

夜色正苍苍

——袁崇焕《藤江夜泛》评析

藤江夜泛

袁崇焕

江水白茫茫，行舟趁晚凉。

笛声三弄罢，渔火一星光。

沽酒寻茅店，收帆认柳塘。

刚逢明月上，夜色正苍苍。

——选自〔清〕梁章钜《三管英灵集》卷七，道光桂林汤日新堂刻本，国家图书馆藏

【评析】

袁崇焕，明末抗清名将，祖籍广东东莞。据记载，他年少时跟随家人徙居广西，因此，他在广西留下了不少诗篇，《藤江夜泛》正是其中之一。袁崇焕在广西创作的诗歌对广西的山水多有赞赏，也让我们能够更详细地了解这位抗清名将的少年往事。

袁崇焕故居在离藤县县城与平南县县城各约30多公里的藤江边，景色优美。据《明一统志》的记载，藤江"在藤县北。……至邕州左右江而东，至此与绣江合，又东流至广东入海"。可见当时的藤江就是现在广西的浔江。藤江流经广西桂平、平南、藤县等地，与多江交汇为珠江，最终流入南海。藤江水面开阔，景色优美，渔业资源丰富，每当夜幕降临，渔舟唱晚，令人沉醉，《藤江夜泛》所描绘的正是藤江美丽的夜景。

　　第一、二联描写了袁崇焕夜游藤江时所看到的景致。袁崇焕故居所在地处于藤江的转弯处，藤江到了这里变得波涛汹涌，向东南奔腾而去，所以他在这里看到的江水有很多波浪，呈现出一片白茫茫的景象。而在夜晚行舟，不但凉爽宜人，还能近距离地欣赏渔人捕鱼归来的船歌和渔火，这样的景象着实让诗人流连忘返。第三、四联则描写了诗人上岸之后看到的景象。诗人在欣赏了藤江夜景之后，打算上岸找一家酒家沽酒，恰好看见明月高悬、月色苍苍的美丽景象。全诗的写景呈现出从下而上的顺序，将藤江秀美的夜景展现得一览无余。

　　秀美的广西在袁崇焕的心里留下了深刻的印记，然而袁崇焕中进士之后再也没能回到广西，他在广西创作的诗歌留存下来的并不多。而且袁崇焕说到底是一位武将，在他为数不多的诗作中，像《藤江夜泛》这样情致非常的山水诗也是很少的，他的大部分诗句，如"去住安危俱莫问，燕然曾勒古人名""急当乘长风，高帆破浪白"都是在抒发他渴望在战场上建功立业、保家卫国的高尚理想。也正因如此，袁崇焕早期的这首《藤江夜泛》更显得弥足珍贵，同时，这首诗也向世人展现出了一代抗清名将袁崇焕铁血柔情的一面。

（肖悦）

一樽清兴此行舟

——王贵德《初发容江》评析

初发容江

王贵德

日落澄江烟满洲，帆开绣水暮云流。

青山敛黛迎新露，红树蒸霞艳早秋。

万里客程今夜月，一樽清兴此行舟。

高歌放眼吾谁似，宗悫长风快壮游。

——选自〔清〕梁章钜《三管英灵集》卷六，道光桂林汤日新堂刻本，国家图书馆藏

【评析】

王贵德，广西容县人，明朝万历四十六年（1618）中举，任职各地学官、幕府等20多年。王贵德的诗富有文采，善于描写景物，更善于以物抒怀，借景言情，具有很高的艺术性和思想性。容江也称为绣江，是西江支流北流河在容县河段的别称。《初发容江》是一首七言律诗，前两联以写景为主，描写容江的风景；后两联以抒情为主，表达诗人的所思所感。

第一联描写了容江江面上的壮阔美景：落日余晖挥洒在澄澈的江面上，一片烟波浩渺，诗人站在船上看见船帆高高撑开，容江江水被船身划开随着天边的云彩流动而去。第二联描写了容江两岸的秀丽风光：两岸青山在秋日露水的浸润下越发苍翠，火红的树叶好似云霞一般灿烂，将早秋点染得艳丽夺目。前面两联以"落日""澄江""绣水""暮云""青山""红树"等景物构成了一幅秀丽壮阔的容江秋景图，为下面两联诗人抒发感怀奠定了洒脱高昂的基调。

第三、四联开始由景入情：诗人想到将在今夜明月的伴随下开始踏上漫长的远行之路，此时定要有一樽美酒，为此行高歌助兴。放眼望去，有谁能像我一般，此行我必定能乘风破浪，实现抱负！古人抒情感怀之时往往离不开美酒，李白有"人生得意须尽欢，莫使金樽空对月"的豪言壮语；杜甫闻得收复失地后也不禁产生"白日放歌须纵酒，青春作伴好还乡"的激动之情；大文豪苏轼也发出"明月几时有，把酒问青天"的人生感叹。除此之外，"宗悫长风快壮游"这句诗还用了一个典故：宗悫是南北朝时期的人，他从小就有远大的志向，刻苦不懈地坚持练武。宗悫小的时候，他的叔父宗炳问他长大后的志向是什么，他回答："愿乘长风破万里浪。"后来宗悫真的成了一位赫赫有名的大将军。我们现在所熟悉的"乘风破浪"这句成语就是从这里来的。这一句也化用了李白"乘风破浪会有时，直挂云帆济沧海"的诗意。

王贵德一生勤于创作，诗作颇丰，流传至今的诗歌400余首，大多收录在其本人著作《青箱集》中。广西古典诗歌源远流长，硕果累累，王贵德在明代广西诗人中具有不可替代的位置，为广西诗歌的繁荣做出了不可磨灭的贡献。

（闫晗）

清代：留住美丽的记忆

白杨青草易黄昏
——谢良琦《湘山春望》（其二）评析

湘山春望（其二）
谢良琦

乱离今有几家存，破帽单衫见泪痕。

长剑沉吟歌往日，空山风雨诵招魂。

征求到骨无鸡犬，戎马何方觅子孙。

莫上春原高处望，白杨青草易黄昏。

——选自〔清〕谢良琦著，熊柱等注《醉白堂诗文集》，广西人民出版社，
2001 年

【评析】

谢良琦，广西全州人，因撰《湘中酒人传》自喻，故有人称
其"湘中酒人"。他擅长诗文，有《醉白堂诗文集》存世，在全
州乃至广西享誉甚高。

《湘山春望》共四首，皆为感时伤事而作，是谢良琦早期诗
歌的代表之作，本诗为其二。诗题所说之湘山位于全州县城西面，
山高 200 余米。自古以来，全州便是中原地区联系岭南地区的重
要枢纽，南来北往的各色旅人颇多，途经此地的文人往往喜欢以
诗歌赞叹其奇美。唐戴叔伦《泊湘口》云："湘山千岭树，桂水

九秋波。"宋韩驹《湘山》云："湘南第一境，山水足娱人。"范成大赴桂林过此地时更是高歌："未探桂岭千峰秀，先揽湘山一段奇。"湘山有广西非常古老的佛教名寺——湘山寺，始建于唐，经宋五次加封后，在湘桂地区影响颇大，有"楚南第一名刹""楚南第一禅林"之称誉，全州这一名称就是为了纪念全真法师创建湘山佛寺的功德，即所谓"县以佛名，相沿至今"（《全州县志》）。黄庭坚、徐霞客、王夫之、解缙等大批文人骚客都曾驻足此寺，历史文化底蕴极为深厚。

　　从诗歌内容来看，这首七言律诗反映了明清易代之际，由于各方势力混战不已造成社会动荡、百姓流离的悲惨现实。更何况广西作为南明政权的抗清中心，直到顺治十三年（1656）才实现统一，因此发生在该地区的战争时间尤长、战况尤烈。谢良琦生活在这样的环境里，对烽火之苦、乱离之痛的深重灾难有切身体会。首联写诗人春日里登湘山望远，目光所及之处无不是村庄破败、百姓苟残的凄惨画面，这是当时全国百姓悲惨状况的一个缩影。颔联写到昨日的美好只能握着手里的长剑低吟着去追忆，今日听到的更多是在风雨空山之中为死者招魂的诵读声。诗人深受儒家忠节观念的影响，面对故国灭、旧主亡的局面，深感痛苦。颈联化用杜甫"已诉征求贫到骨，正思戎马泪盈巾"（《又呈吴郎》）的诗句，含蓄典雅，而"无鸡犬""觅子孙"的感慨更是真挚自然。家散、国破又逢着"白杨青草易黄昏"的春光飞逝，叫人如何再敢登高望远？这样的情感宣泄与杜甫"感时花溅泪，恨别鸟惊心"的感触无疑有异代相通之处。

（石涛）

漓源滥觞乃在此
——查慎行《灵渠行》评析

灵渠行
查慎行

惊泷下走三百滩，上流何至一掬悭。

漓源滥觞乃在此，七十二重湾复湾。

此渠凿自秦史禄，初仅能通不能蓄。

迨唐观察李浚之，添设陡门三十六。

石槽石斛升斗储，一门典守用两夫。

铧堤前启后下板，修绠汲船如辘轳。

雷轰电掣飞一线，盈缩直从呼噏变。

官船衔尾客船停，那得人人与方便。

劝君小泊底须愁，不过多为半日留。

平生耻共人争路，况有林峦慰胜游。

——选自〔清〕查慎行撰，张玉亮、辜艳红点校《查慎行集》，浙江古籍出版社，2014 年

【评析】

查慎行是清代著名的诗人。他天性聪颖，参加科举考试却连遭

挫折。因为诗名很大，所以得到了康熙皇帝的赏识而任职翰林院编修。查慎行没有在翰林院编修的职位上做太久，便因为身体原因回家休养。在回家休养的这段时间内，查慎行多次外出游山玩水。当他来到广西时已经是69岁高龄。在前一年冬天，查慎行应友人邀请，前往粤东（即广东），后经广州、端州，又经阳朔、桂林，来到灵渠。

灵渠与都江堰、郑国渠齐名，是世界上古老的运河之一。它连接漓江与湘江，灌溉了"湘桂走廊"这片沃土。查慎行在这首诗里面记录了他从漓江逆流而上，遇到了"七十二重湾"，行程十分艰难。直到进入灵渠，他的旅途才顺畅起来。秦始皇统一六国后，想要进一步统一岭南，但遇到了越人的顽强抵抗。秦军在此处"三年不解甲驰弩"（不能脱下盔甲、放下弓箭安安稳稳地睡一觉），战事僵持不下，秦始皇只能派大臣史禄来开凿灵渠。灵渠最初的开凿是为了运输粮草。唐朝时李渤重新疏导河道，为方便行船在渠道上增设了三十六个陡门，每个陡门有两个人来负责船只的通行。陡门的设计，可以控制渠水的高低。当水位低时，可以关闭陡门蓄水，提高水位，等水位升高了之后再开闸放行，进而提高行船速度。陡门的设计大大提高了航船的速度，提高了航行、运输的效率，对于岭南与中原的交流、岭南的经济发展都起到了重要作用。

因为历代对灵渠的维修、巩固，到清代时，人们通过灵渠已经节省了很多时间。查慎行来到此处的时候，惊呼船行速度如风驰电掣一般。但他经过陡门时又遇到了麻烦。因为灵渠是人工修筑的渠道，所以能通行的船只数量有限。无奈，他又没有什么特权，只能让那些官船先过去，自己的船慢慢排队等候。诗人这时候也劝自己，以使内心得到宽慰。何必因为船只不能前进就感到烦恼呢，不过就多等半天而已。往常也不齿于和别人争前抢后，何况这里的山林江水足以让人快意游览。

当旅途遇到困难时，查慎行和许多在他之前来到灵渠的诗人一样，移目去欣赏灵渠两岸的风景。宋代范成大来到灵渠，写下"紫藤缠老苍，白石溜清泚"（《铧嘴》），夸赞灵渠岸边山上的紫藤，水中的白石。明代严震直称灵渠："桃花满路落红雨，杨柳夹堤生翠烟。"他来时应该是个花红柳绿的春天吧。清代陈关调在灵渠留下了大量诗篇，其中有"两岸杂花草，中流蔽彩光"这样的诗句。

到查慎行来到灵渠时，虽然旅途顿阻，颇有些烦恼，但这烦恼很快被灵渠江水洗尽。查慎行在这首诗最后还加了一个注释："陡中岩岫绝佳。"不论旅途多么劳累，多么不顺心，当他看到灵渠沿岸的风景之后，一切烦恼都随江水流走了。广西的山水，又一次洗涤了古代诗人的心灵。

（钱辉）

● 灵渠

他年如化鹤，何处觅前踪

——谢济世《乾隆甲子归田重游龙隐岩，效待制体题石壁》（其一）评析

乾隆甲子归田重游龙隐岩，效待制体题石壁（其一）

谢济世

忆昔少年日，读书岩寺中。

那知身是我，只道蜀成龙。

龙去床犹在，我归岩已空。

他年如化鹤，何处觅前踪。

——选自〔清〕谢济世著，黄南津、蒋钦挥、廖集玲、石勇校注《梅庄杂著》，广西人民出版社，2001年

【评析】

　　谢济世，广西全州人。他年少时就聪颖勤学，相传有过目不忘的本领。在谢济世年幼时，他的父亲远随祖父外出任职，所以教导谢济世的重责落在了谢母身上。所幸谢母十分明事理，对谢济世的学业要求颇为严格，每天晚上必会抽查他的课业，所以谢济世小时候经常在龙隐岩中读书，龙隐岩见证了谢济世童年时期的勤学苦读。康熙五十一年（1712），谢济世中进士，选庶吉士，

正式进入仕途。步入官场的谢济世，以拯救天下苍生为己任，为民请命，不畏强权，曾四次被污蔑、三次坐牢、两次丢官、一次陪斩，但他仍不改其初心，"虽九死其犹未悔"。乾隆九年（1744），谢济世得以致仕归家，在家乡全州度过了人生最后的时光。

　　归家后的谢济世远离了官场的纷扰，沉醉于家乡的美景之中，寄情全州山水，吟诗作赋。他常常前往各处游玩览，年少的读书之地——龙隐岩，也成了他的重游之地。在乾隆甲子年（1744）他写下这首《乾隆甲子归田重游龙隐岩，效待制体题石壁》，诗中描写了谢济世重回幼时读书的龙隐岩，"龙去床犹在，我归岩已空"，物是人非，睹物思故人，写出了历经世事沧桑后回想起年少时在岩中苦读诗书的场景而感慨万千。语言朴实无华，直抒胸臆，情感真实。

　　龙隐岩位于全州龙水镇桥渡村，相传某年大火，有人看见一条蛟龙隐入岩内，岩洞故得名"龙隐岩"。在龙隐岩洞口，刻有"龙洞清溪"四字。"龙洞清溪"是全州历史上著名的古八景之一，洞内有蒋冕、谢济世等人的题铭。历代诗人们游览龙隐岩时，震撼于这洞天福地，纷纷写诗以记之。宋代诗人陈岘所写"烟萝深锁非凡境，泉石相逢似故人"；明代内阁首辅蒋冕回乡扫墓时也曾写下"罗水绕岩前，西来却东去。从古到于今，昼夜流不住"。

（李国萍）

来龙去脉绝无有，突然一峰插南斗

——袁枚《独秀峰》评析

独秀峰

袁枚

来龙去脉绝无有，突然一峰插南斗。

桂林山形奇八九，独秀峰尤冠其首。

三百六级登其巅，一城烟火来眼前。

青山尚且直如弦，人生孤立何伤焉！

——选自〔清〕袁枚《小仓山房诗集》卷三十，上海古籍出版社，1988 年

【评析】

乾隆四十九年（1784）秋天，袁枚来到广西。这是他在 21 岁初到广西桂林后，时隔 40 多年再到桂林。他兴奋地写下《重入桂林城作》，提到"我年二十一，曾作桂林游。今年六十九，重看桂林秋。桂林城中谁我识？虽无人民有水石。水石无情我有情，一丘一壑皆前生"。他第一次来到广西时，便被桂林的山水所折服，留下了《同金十一沛恩游栖霞寺望桂林诸山》等名篇。桂林的"奇山"给他带来了前所未有的审美感受。

独秀峰是袁枚到达桂林后首先游览的地方。他在《桂林诸山游记》中写到"先登独秀峰"，而本诗以非常突兀的起笔写独秀峰"来龙去脉绝无有，突然一峰插南斗"。虽然没有连绵起伏的姿态，然而一柱山峰却像插向天上的南斗星一样。一个"插"字，将独秀峰化静为动，写出了独秀峰的突兀。然而，接下来却笔锋一转，写"桂林山形奇八九，独秀峰尤冠其首"，赞扬桂林诸山的山形奇特，十座当中有八九座。在这奇特的桂林诸山之中，独秀峰又应当位居第一。诗人经过三百六十级阶梯登上山顶，满城人烟尽收眼底，更加突出了独秀峰之高。诗人登上这独秀于天地之间的山峰，进而感叹道"青山尚且直如弦，人生孤立何伤焉！"独秀峰在一枝独秀的同时也显得十分孤独。然而这山峰却不怕寂寞，像弓弦一样笔挺于桂林群山之间。由此，诗人想到自己，就算人生孤独地处在世间那又有什么值得悲伤的呢？诗不仅写独秀峰之奇绝，更写其"直如弦"的内在特性，将独秀峰拟人化，把它看成是孤介正直、不惧人生孤立的知音。

桂林的山水，向来是为天下人称道的。柳宗元称赞桂林的山为"灵山"。他在《訾家洲亭记》中说："桂州多灵山，发地峭坚，林立四野。"宋代著名诗人范成大在《桂海虞衡志·志岩洞》中写桂林众多山峰不仅"奇"而且"怪"，称得上天下第一。桂林这众多的山无不引人称赞，而独秀峰，又是冠绝桂林诸山的"奇山"。独秀峰在广西桂林市中心王城内。《桂胜·卷一》记载独秀山："踞城稍东，凝秀独出。颇与众山远，故曰独秀。"独秀峰因为不与众山为伍、傲然自立而被称作"独秀"。历来文人墨客，在来到桂林时，无不为独秀峰的孤傲、奇特震撼，留下许多名诗佳句。

（钱辉）

故人万里倍相亲
——赵翼《横州晤庄似撰》评析

横州晤庄似撰

赵翼

京华风雨共萧晨，握手惊逢粤水滨。
词客十年犹未遇，故人万里倍相亲。
海棠桥访前贤迹，横浦槎通织女津。
知尔登临多胜咏，莫辞邮寄尺书频。

——选自〔清〕赵翼著，李学颖、曹光甫校点《瓯北集》，上海古籍出版社，1997 年

【评析】

清代著名文人中，赵翼算是跟广西有着比较密切关系的一位了。他曾经先后于乾隆三十二年（1767）和三十四年（1769）两次担任广西镇安府（今广西德保）知府。据史书记载，赵翼考中进士后，在京城任职多年，颇有政绩。因此，乾隆擢升他为广西镇安知府。赵翼以不熟悉官务为由委婉推辞，甚至还请他的老师傅恒出面。乾隆在召见他时，对他宣称读书人也有能办事的，且他在军机处多有成绩，是个做实事的人。乾隆还告诉他，广西是

一个政务简练民风淳朴的地方，到广西为官，可以使自己得到更好的锻炼，将来一定能做一个好官。赵翼到广西任职后，体恤民情，废除弊政，得到了百姓的拥护。

他从湖南永州入广西桂林，再沿漓江南下，过昭平峡、横州、田州归德峡而到达镇安，这首《横州晤庄似撰》就是他过横州时会晤庄似撰写下的。庄似撰也是当时的名士，小诗人9岁，时因应乡试未第，在横州为幕。

诗歌从两人过去的交往写起，称"京华风雨共萧晨"。两人同为江苏常州人，原来早就认识，曾经共同面对过凄清的秋晨，而今再度会面，却是在岭南的郁江江畔了。诗人用一"惊"字，写出了自己对本次会晤的感受，可能是他根本就想不到会在这个地方碰到自己的朋友吧。这也体现出诗人对相遇的惊诧之情。

第二联写两人十年不遇，却不料在这离家万里之地相遇了。上句中的"十年"显示了时间之久远，朋友之间的感情却并未因此而消失。黄庭坚有"江湖夜雨十年灯"的诗句，比喻的就是漂泊动荡的生活。下句中的"万里"喻距离之远，曹植有诗句"丈夫志四海，万里犹比邻"，唯其如此，才更能体现出相遇的不容易。这一联从时间和空间上写出了此次相遇的不容易，也体现了两人之间真挚的友情，一个"倍"字，尤其显出此次相遇的不易。

横州也是古时贬谪之地，诗人的江苏老乡、宋代著名词人秦观就曾被贬谪到此，留下了"瘴雨过，海棠开，春色又添多少"的名句。秦观因元祐党争案而被贬谪，其心态不似老师苏东坡，因而在郴州驿馆留下了"雾失楼台，月迷津渡，桃源望断无

寻处"的悲凉之句，甚至感慨"郴江幸自绕郴山，为谁流下潇湘去"，以至于东坡看到后大为震惊，称"少游已矣，虽万人何赎"。横州给外来的文人留下的就是这样一种伤感的情绪。同样是经历了不如意的仕途，赵翼和庄似撰在横州相遇，自然也要去拜寻先贤遗迹，他们也渴望着能有机会回到自己想回的地方，而眼前的郁江，就如阻隔牛郎和织女的天河一样茫茫，不知道什么时候自己才能到达彼岸。

会晤总是短暂的，毕竟赵翼还要到他的任所。因此，为了表达朋友之间的思念之情，他说"知尔登临多胜咏，莫辞邮寄尺书频"，希望庄似撰能将自己写作的诗文寄给自己，以解自己思念之情。两人的友谊于此再次得到展现。

这首诗歌写的是与庄似撰的会晤，其中既表现了两人之间的真挚友谊，也表现了他们远离故乡、仕途不如意的伤感之情。诗歌以时间的久远和空间的距离来展现两人他乡相遇的惊喜，又以海棠访先贤来表达失意之情，感情可谓复杂，心情可谓复杂。同时，诗歌还写到了横州当地的风物，写到了横州的名胜古迹，颇有特色。

（莫山洪）

经过想见英雄气
——赵翼《昆仑关咏古》评析

昆仑关咏古
赵翼

酾酒军门正满壶，严关夜半已潜驱。

千秋部曲皆番落，一片山川尚阵图。

何必梁公为远祖，不妨季布是黥奴。

经过想见英雄气，古木灵风叫鹧鸪。

——选自〔清〕赵翼著，李学颖、曹光甫校点《瓯北集》，上海古籍出版社，1997 年

【评析】

位于南宁市宾阳县和昆仑镇交界处的昆仑关，地势险要，是广西腹地的重要关口，历来为兵家必争之地。北宋仁宗时，著名将领狄青曾在此平定战乱，恢复了该地区的和平稳定。赵翼到镇安任知府，途经昆仑关，有感于当年狄青的历史故事，结合自己的遭遇，写下了这首《昆仑关咏古》。

昆仑关是历史上非常有名的关口，到了这里，也就很容易想到历史上的那些风云人物，那些曾经在这里叱咤风云的人物。赵翼的

诗歌一开始并没有写这方面的内容，而是从登关写起。先叙述自己登上昆仑关，昆仑关依然山河如旧。这个地方历来就是兵家必争之地，英雄们的后人依然在这里驻扎耕耘，守护着这个岭外重地。由此诗人又想到了当年狄青夜袭昆仑关，维护了国家的统一的情景。狄青立下如此战功，却没有居功自傲。他自始至终保持本性，不攀附权贵，不把自己和当年的狄仁杰连在一起，不依靠先贤的威名，很有气节。同时，他不隐瞒自己的出身，即使身为高官，也依然保持自己本色，并不因为自己身份的变化而将脸上的黥面掩盖，就像汉初的季布一样，虽然出身低微，但并不影响他们成为豪杰之士。这种英雄本色，令人钦佩。诗人经过这样一个富有英雄之气的地方，当然也就不由得想起英雄，感受到这种英雄之气。

诗歌虽然是因登上昆仑关而引发出的怀古之情，但是其中所表现的，既是诗人对英雄的敬仰之情，也是诗人自己豪迈情怀的体现，他也希望自己能在这种英雄气概的影响下，当好官，为广西的百姓谋福利。也正是因为如此，他在广西为官期间也确实为老百姓做了很多实事，政绩卓著，为广西当地的百姓带来了先进的文化。

这首诗歌的一大特点，就是用典贴切应景，恰到好处。昆仑关是当年狄青平定战乱的地方，到这个地方，自然会想到狄青。但是作者并不去描述狄青的丰功伟绩，而是关注其虽出身低微而始终保持本色，虽位显而不改初衷的特点。这种写法，开阔而又实在，既结合眼前之景，又不局限于眼前之景，可谓情动古今，思接千里，神与物游，既显示了才学，又展现了情怀。

（莫山洪）

万叠盘涡满江沸

——赵翼《过昭平峡》评析

过昭平峡

赵翼

顺流方驶忽舣舟，云有急峡在下头。

经旬积雨今幸霁，肯听柁师轻逗遛。

一鞭驱之速拔杙，岸上人呼开不得。

开不得，已难系，渴骥奔泉脱衔辔。

忽然入峡势迫束，万叠盘涡满江沸。

水如强弩将柁送，石似怒牙向船伺。

千丈深有蛟龙馋，一线窄防剑矛利。

至此怃然始惧色，上不到天下无地。

坡公已骇无射钟，幼安并愁不冠厕。

浑脱水带那及储，急取朱书神禹字。

五石漫思大瓠浮，一壶安得中流备。

手持舱门三尺板，设有不测惟此倚。

斯须出峡波稍平，柁师酌酒来压惊。

官是未经风浪恶，劝官遇险勿趱程。

噫嘻乎！人生用壮信易败，书绅谨志泷吏话。

忠臣虽有叱驭时，孝子须念临深戒。

——选自〔清〕赵翼著，李学颖、曹光甫校点《瓯北集》，上海古籍出版社，
1997 年

【评析】

　　漓江是流经桂林的一条江，平乐以下称为桂江。在桂林境内，漓江可谓风景秀丽，景色旖旎。漓江给人的印象，就像一个温柔可爱的少女。很难想象，昭平境内的桂江，会变得汹涌澎湃，让人难以接受。赵翼到广西为官，正是从桂林顺江而下，经过了昭平境内桂江最凶险的地方。于是他写下了这这首《过昭平峡》，为我们展示了他的所见所闻和他的心理感受。

　　诗歌从即将经过昭平峡写起。因为一路过来的漓江都是风平浪静，旖旎风光，诗人并没有想到这里会有什么特别的地方。所以，当船家在要经过昭平峡之前停下来的时候，他却因为多日阴雨一朝放晴而心情大快，开船出发了。这一番莽撞，带来的是惊险无度。诗人从正面和侧面两个方面来写昭平峡的险恶。一方面，通过对昭平峡的直接描写，体现其凶险。这里水流湍急，悬崖峭壁，江流变窄。水面波涛滚滚，仿佛烧开沸腾的水。由于水流落差大，流水冲击岩石，发出巨大的声响。水势，再加上两岸的岩石，构成了一幅凶险的画面。另一方面，诗人从人的反应来写水的凶险。首先是"岸上人呼开不得"，船才出发，就已经被岸上的人劝阻了。接着是"至此怵然始惧色"，更为严重的是，到后来船上的人已经是"手持舱门三尺板，设有不测惟此倚"，随时准备着逃生。

　　诗人写昭平峡的险恶，不仅仅纯粹地写景。经过昭平峡，诗人在体验了这种险恶之后，也有了对人生的深刻认识。诗人从京城来到广西为官，虽然乾隆跟他说是让他到地方历练，但这毕竟是从繁华的京城来到偏远的广西，毕竟是从中央到地方，前途难卜，未来难料，诗人此时的感受，正如当年李白《蜀道难》所描述的"蜀道之难，难于上青天"，人生就如眼前的昭平峡，充满了重重危机。诗人尤其感慨的是官场的变幻莫测，"官是未经风浪恶，劝官遇险勿趱程"，平安渡过危峡是最好的结局。

　　虽然诗人在诗歌中表现出一定的消极思想，求稳求平安，但是其中的勇于通过，却也有一定的积极意义。更为重要的是，诗歌展现了广西山水的另一面，即广西的山水也有凶险澎湃的，也有让人感到突兀阳刚的地方，这也就让人们能够更为广泛地了解广西山水的特点。

（莫山洪）

春风随处好年华
——邓建英《长洲春日道中》评析

长洲春日道中

邓建英

修竹沿堤荫白沙，春风随处好年华。

蜻蜓款款依芦岸，蛱蝶双双入菜花。

瘿树压桥当野店，陂塘穿坞忽人家。

凭谁乞我溪边地，欲学青门自种瓜。

——选自〔清〕梁章钜《三管英灵集》卷二十三，道光桂林汤日新堂刻本，国家图书馆藏

【评析】

邓建英是清代广西苍梧县人。清乾隆五十四年（1789）考中举人。他诗文俊逸，深受当时学使费振勋的看重。费振勋把他推荐给广西巡抚孙春台，称赞他为"粤西奇士"。诗人多次北上京城参加会试，但经历颇为坎坷，或因家庭变故，或因身体原因，不得不放弃考试。直到他第三次会试之后，返回家乡苍梧，在横县淮海书院与苍梧县传经书院任职。其间有七八年时间，诗人往返于横县与苍梧县之间。大量诗篇记录了他在旅途中的所见所闻。

这首《长洲春日道中》也大约作于这一时期。长洲指今广西梧州市西江上的一片沙洲。梧州地处广西东部，是浔江、桂江与西江三江交汇之地。

在一个春日，诗人坐着小船沿江而行，路过长洲。或许是从横县返回家乡苍梧抑或是刚刚过完春节从苍梧出发前往横县。他看到江边的竹林郁郁葱葱，隐隐地盖住了江堤，不禁感叹，这样的春天是多么的美好！蜻蜓在芦苇丛中款款而飞，蝴蝶也成双成对在菜花丛中起舞。满树的花朵似乎要将它身下的小桥压垮，桥头还有一家小小的客栈给这幅春景增添了些许烟火气息。池塘边有船坞供过往的游人休息，也会有几户人家散落在这山水之间。面对这样的情景，诗人心中想到，要是谁能给我这样一块靠着小溪的地方，我就可以像汉初的召平一样，种种瓜，享受着自己的劳动成果，学学陶渊明、张志和，享受渔樵之乐了。

诗人一生坎坷，虽然仕途不顺，但他没有自暴自弃。他纵情于山水之间，也不忘经世治国的理想。几年之后，他远走山西，任陕西榆社县知县。在任期间，为国为民，鞠躬尽瘁。最后积劳成疾，一病不起。

诗人曾经想过，要"酌山中之酒兮，终吾生而有涯"(《君山歌》)，要"白水青山对草堂"(《李生佩芳送盆菊感答一首》)，要"酒杯开世界，诗句买溪山"(《赠李敬亭秀才》)。但这一切，终究不能如愿。诗人生在广西，长在广西，广西的山水伴随着他的一生。在他仕途不得意之时，广西的山水安慰了他的内心；在他远走他乡之时，广西的山水是藏在他心底的一份美丽。

（钱辉）

歌罗城外疍人音
——张鹏展《苍梧夜泊》评析

苍梧夜泊

张鹏展

浮洲百尺镇波心，越峤东西限带襟。

五管涛声归海疾，九嶷云气接天阴。

月楼人去江风冷，冰井铭残石藓深。

夜静采珠船一起，歌罗城外疍人音。

——选自〔清〕梁章钜《三管英灵集》卷三十，道光桂林汤日新堂刻本，
国家图书馆藏

【评析】

　　张鹏展，广西上林县人，乾隆五十三年（1788）考取拔贡，当年秋天又考中举人。第二年授进士，领翰林院武英殿纂修之职。张鹏展为官清廉，体恤百姓，直言敢谏。因他刚正廉洁的作风终与当时腐朽浑浊的政坛格格不入，做官不久，他便毅然辞去官职，回到家乡。

　　回乡之后的张鹏展全心致力于学术，先后担任了秀峰、澄江、宾阳书院山长（即书院院长）。他对家乡的文化十分珍视。粤西

自古以来便不乏才学之士，却少有专集流行于世，这在张鹏展心中是一大憾事。因此，张鹏展花费了近10年的时间，将广西历代文人的诗歌作品编选成集，为《峤西诗钞》，使家乡的文学、文化得以流传。除此之外，张鹏展还创作了许多写景诗歌，描绘广西的故土风情，《苍梧夜泊》便是其中之一。

此诗首句"浮洲百尺镇波心，越峤东西限带襟"，是诗人夜晚远眺苍梧时的景象——山水相连，动静相宜。一片浮洲静静躺在水波中央，仿佛在镇守着这一片暗潮涌动的水域。远处的高山横贯东西，仿佛古时的衣襟左右相交。张鹏展由眼前的苍梧夜景，联想到了九嶷山顶之景——"五管涛声归海疾，九嶷云气接天阴"。五地的洋流汇于一海，九嶷山顶云气缭绕。"九嶷"指"九嶷山"，又名苍梧山，相传舜帝南巡中去世，便葬于此地。

后四句，诗人又转向了眼前之景。"月楼人去江风冷，冰井铭残石藓深。夜静采珠船一起，歌罗城外盈人音。"月光洒在江边的塔楼上，那里已经人去楼空，唯有冷冷的江风为伴。水下的石碑上已经爬满了深藓，远处又传来采珠人阵阵悠扬的歌声。这歌声飘荡在静谧的夜空，营造出寂静清幽的氛围，诗人的心也仿佛跟随着歌声悠游在水面上。与张继《枫桥夜泊》"姑苏城外寒山寺，夜半钟声到客船"有异曲同工之妙。

张鹏展著作虽多，但大多已亡佚，故《苍梧夜泊》的创作背景至今已不可考。苍梧这一地名常在诗歌中出现，一说指湖南苍梧山，一说指广西苍梧县。按照此诗描写的内容，应当是诗人在今广西梧州苍梧县泊舟时所见之景。汉代时置广信县，属苍梧郡治，隋朝废郡为苍梧县，明清时皆为广西梧州府治。明朝时，陈守一曾经过此地，亦留下一首《苍梧夜泊》："野旷依村宿，人稀狎鹭群。客心江上月，身世席边云。远寺疏钟到，孤城急漏分。舜峰在何处，访古恨空闻。"与张鹏展的悠然自得相比，陈守一更多的是客居他乡的孤单与忧愁。苍梧给人印象最深的仿佛就是那盛满月色的江水，明朝潘希曾经赞过这一条江："泛舟苍梧来，又泊藤江口。"（《夜泊藤县次韵酬湛内翰》）而在张鹏展心中，江上不仅有熠熠的月光，更有令他牵挂的劳动人民。

（熊逸文）

乡心悬隔斗门西
——朱依真《全州》评析

全州
朱依真

舟泊湘源近大堤，乡心悬隔斗门西。

月珠倒影寒蛟卧，城柝无声老鹊啼。

身世不妨随俯仰，川途何用计高低。

从渠中道波臣涸，但乞监河水一蠡。

——选自〔清〕朱依真著，周永忠、梁扬注《九芝草堂诗存校注》，巴蜀书社，2014 年

【评析】

　　清代乾嘉年间诗人朱依真，是广西临桂人，为明宗室靖江王后裔。他以布衣终身，有《九芝草堂诗存》。他的父亲朱若炳、伯兄朱依程都学富五车。在父兄的影响下，他童年便知声律，喜爱吟咏，但不愿意求仕，而是乐于远游四方，吟诗赋词。他的足迹遍布今两广、湖南、湖北、江西、四川、江苏、安徽、山西、陕西等地，游览尽兴之余，便吟咏赋诗。诗歌中多有涉及粤西的山水名胜，其中最爱写的是八桂的青山碧水。他在桂林曾写过

《七月七日游龙隐岩观宋人碑记》《同南溪游雉山岩》等诗，描绘桂林山势的"险"。也曾乘船肆游湘江，沿路描写自然景观、风土人情，留下了宝贵的文学遗产。朱依真旅居湖南期间，思乡心切，便乘坐一叶扁舟，驶向家乡。途中经过广西全州，偶有所感，挥笔写下《全州》一诗。

全州处于广西东北部，素有"广西北大门"之称。过了全州，离家乡便更近了一步。因此，诗人首联直抒胸臆，将现实环境和个人感情结合，流露出浓厚的思乡之意。当时船行至全州，眼看着小船离堤坝越来越近，江中的水闸阻隔的不仅仅是水流，还有诗人的家乡。于是诗人停船靠岸，站在湘江边上看着夜晚的全州，吟道："月珠倒影寒蛟卧，城析无声老鹘啼。"夜色温柔，苍茫的江水中倒映着皎洁的月亮，就如同蛟龙盘亘在水中，整个城安静到只能听见老鹘的啼叫声。若将此联的意境分而析之，则不难发现，所描述的是幽寂、荒凉、凄清之景，月光的倒影体现了诗人孤独的心境，而以动衬静的方式则突出了全州夜晚的静寂。独行的诗人身处这种寂静之中，油然而生的是孤苦无依之情。

行文至此，诗人的思绪已然不再停留在表面的乡思，而是转移到自己的身世。"身世不妨随俯仰，川途何用计高低"两句表达了诗人对人生的看法。"俯仰"一词，有两重含义，一是指河流或湍急或平缓，因而忽高忽低的状态，二则是指人生，时而低谷，时而高峰。诗人认为，应该顺其自然，不要过分执着于对名利的追求。"川途"即路途，路途有高低之分，然而到了社会层面，人们普遍存在"趋高性"，实际上，不计较名利的高低，遵

从自己的本心，才是第一要义。此句中他的人生追求与山水风景
得到了完美的统一。

　　相传庄子家贫，于是就向富有的监河侯借粟为炊，监河侯推
托道："等我收了租金，借你三百金。"，庄子用"中道波臣"的
故事来打比方。"波臣"意为水中的臣民。波臣陷入车辙之下，
只缺一升水就能活命，但救助者空口承诺，不愿帮助，借此故事
来讽刺监河侯这个吝啬鬼。而此诗"从渠中道波臣涸，但乞监河
水一蠡"便是借《庄子》之典，说明自己目前正处于落魄时期，
希望有人能够施以援手。朱依真一生布衣，"我乏床头钱，亦无
田种秫"是他生活的真实写照，但他并不以此为耻，而是铺陈典
故，使"借钱"这一颇使人难为情的举止，变得风趣且有诗意。

　　朱依真作为一名学者型诗人，嘉庆三年（1798）主纂《临桂
县志》，又曾任谢启昆主修的《广西通志》分纂，为广西的志书
修纂工作做出巨大贡献。"乾嘉三大家"之一的袁枚，游桂林时
曾与他唱和，并赋予他"粤西诗人之冠"的称号，这无疑是对他
诗歌的肯定，也成就了他诗坛上的地位。此外，朱依真以布衣终
老，结交诗友，自写胸臆，展示出布衣才子的性情和襟怀，一定
程度上扭转了当时诗界肤浅的风气，不愧为有清一代广西具有影
响力的诗人。

　　　　　　　　　　　　　　　　　　　　　　　　（张雅琪）

上古何人善画山
——阮元《清漓石壁图歌》评析

清漓石壁图歌
阮元

天成半壁丹青画，幡然高向青天挂。

上古何人善画山，似与关荆斗名派。

此派浑同后世皱，造物翻师唐宋人。

认作名山反似假，审为古绘竟成真。

纵横量去成千尺，五丁直削平无迹。

古绢依稀染淡黄，峦头重叠分青碧。

清漓一曲绕山流，来往何人不举头。

六年久识奇峰面，五度来乘读画舟。

石渠宝绘几千卷，天上云烟曾过眼。

何幸湘南见此山，眼福如今还不浅。

山旁刻石擘窠书，鉴赏标题始自吾。

后人来看道光欤，传出清漓石壁图。

——选自〔清〕阮元撰，邓经元点校《揅经室集》，中华书局，1993 年

【评析】

　　阮元在嘉庆二十二年（1817）至道光六年（1826）担任两广总督。在这九年时间里，阮元多次以总督身份巡视广西，曾自粤西溯漓江而上，写下《清漓石壁图歌》。

　　九马画山是漓江中一处非常有名的景点，位于漓江东岸的画山村附近。五峰连绵起伏，重峦叠嶂。主峰高峻突兀，三面起伏凌空，一面绝壁江中。站在船头看山崖，只见石壁纹理纵横交织。山色青绿黄白，气象万千，就像骏马群聚。这些骏马或者昂首嘶啸，或者飞奔扬踢，或静默若卧，或蹭摩若戏，情态生动，形象逼真。

九马画山

　　历代文人都喜欢桂林山水，也对桂林山水多有吟咏。但以一方大员的身份，多次赴实地勘访桂林山水，也只有阮元。阮元在两广总督任上，多次到广西视察工作，写这首诗歌的时候，已经是第五次来桂林看这九马画山的美景了。正如诗歌所说，九马画犹如仙人所画。诗人自述其"五度来乘读画舟"，而且说自己"眼福如今还不浅"，其中充满了对这一景点的喜爱之情。为了表达自己对这一山水的喜爱，他还在山旁刻字留念，而且很得意地说"鉴赏标题始自吾"。说在这上面题字留念是从自己开始的，其中既有喜悦之情，也很有一番自信，对自己所喜爱的山水的自信，相信这一景点也一定会为世人所接受。

　　诗歌先写景物，再写自己的感受。这样的写法，表明自己是在欣赏景物之后才得到的感受。这是一种被桂林美丽所感染的感受，是一种真实的体会。诗歌中对于景物描写的内容并不多，只是"古绢依稀染淡黄，峦头重叠分青碧"一句，而更多的是采用侧面描写的办法，一方面说这个地方仿佛一幅古画，美丽迷人；另一方面又说自己喜爱这里，并题字留念，表达喜爱之情。虽不直接描写，却也写出了桂林山水之美。

（莫山洪）

夜来且听渔人歌
——郑献甫《舟经大藤峡感赋》评析

舟经大藤峡感赋
郑献甫

两山积铁森嵯峨，一水鸣玉喷滂沱。

神灵故意作高峡，客舟下掷如奔梭。

榜人手示游人目，仿佛此上曾挥戈。

峡树实无三尺柯，峡藤乃有千丈萝。

傜僚横行不用楫，昼则伏涧宵凌波。

军人震怒奋大斧，风雨忽斩生蛟鼍。

王公韩公一笑去，妖血千古埋山阿。

故垒荒营杳难近，蛋人木客时相过。

我行其下正落日，野水飞落如群鹅。

薜荔横缠怪石出，猿猱斜向崩崖摩。

断藤峡改永通峡，夜来且听渔人歌。

——〔清〕郑献甫撰，顾绍柏、岑贤安点校《郑献甫集》，广西人民出版社，2013 年

【评析】

　　郑献甫，广西象州人，道光十五年（1835）进士。本诗作于道光二十一年（1841），这一年正月，郑献甫幕主湖北巡抚伍实生被革职，郑与伍同舟至九江后分别，一路南下，于清明到达广州，后从西江一路溯流而上，经苍梧、大藤峡水路返回家乡象州。大藤峡位于今广西桂平市西北黔江下游，是郑献甫水路返乡的必经之路，这里峡长水急，河道曲折，十分险峻。传说大藤峡有大藤如斗，昼沉夜浮，横跨江面，人们由此藤攀缘渡江，大藤峡由此而得名。

　　目睹大藤峡的奇险，精通经史的郑献甫写下了这首写景咏史的七言古诗。诗歌前八句写大藤峡奇险景色，郑献甫从大藤峡山水着眼，把峡谷两岸险峻的石山比作积铁，铁壁江水中开，激流不可阻挡，足见大藤峡的奇绝与险要。接着，诗歌从峡谷行船写开，客船在曲折的江面上来回奔行如梭，船夫挥手示意，江面上如同战场一般。最后，作者又写峡谷两侧的树木，树木因峡谷过于险峻，难以生长成材，峡壁只有藤萝缠绕，千奇百怪。"三尺柯""千丈萝"，既写出地势的险要，又写出环境之荒凉。高耸的峡山、汹涌的江水、古怪的藤萝俨然一幅奇险、恐怖的画面，又仿佛是上苍神灵有意凿建于此，望之令人生畏。

　　郑献甫由峡谷的奇险接写大藤峡的历史。大藤峡地区因其地势险要，历来为兵家必争之地，此地多年战乱不息，百姓生活不得安宁。王、韩二公这里指王守仁、韩雍。成化元年（1465）两广总督韩雍率 16 万官军进军大藤峡，历时近 20 年的战乱暂得平息。韩雍还斩断大藤，改大藤峡为断藤峡。嘉靖七年（1528），任兵部尚书兼"左都御史总督两广兼巡抚"的王守仁再次进兵大藤峡，平定了该地区的动乱。军人挥动大斧，风雨之中生斩凶猛的蛟鼍。韩雍、王守仁谈笑之间动乱便被平定。在郑献甫看来，这种种的历史故事、人物早已成为过去，那些营垒、战场已经隐约难考，消失在杂草野树之中，如今只有那些安居乐业的水上居民、山间伐木工人偶尔路过。

诗歌后六句写郑献甫行舟时所见。郑献甫到达"敕赐永通峡"摩崖石刻前时已经是黄昏时分，尽管此时的江上仍然野水奔流，仍然有怪石、薜荔、猿猱等，但是，此时的郑献甫已不如诗歌开头时一样心中充满了恐惧，而是坚信今天晚上能够安然地欣赏江上渔人的歌声。

诗歌最后的"永通峡"蕴含了明代陈金疏通江峡、断航四十年的大藤峡恢复通航、陈金上疏改"断藤峡"为"永通峡"的历史事件。此后数百年间，大藤峡航运因为各种原因，断断续续，屡兴屡废。只有到新中国成立后，大藤峡地区才实现了真正的安居乐业，而新时代开始修建的大藤峡水利枢纽工程又更加造福两岸群众，真正实现了"永通"。

（梁观飞）

不信尘世无丹邱

——朱琦《同竹轩宗老游隐山》评析

同竹轩宗老游隐山

朱琦

洞前苍石窈而幽，洞口白云如水流。

药炉茶灶自今古，野鹤长松谁去留。

我欲援琴赋招隐，相与散发歌清秋。

自锄灵芝莝瑶草，不信尘世无丹邱。

——选自〔清〕朱琦《怡志堂诗文初编》，咸丰七年（1857）刊本，国家图书馆藏

【评析】

朱琦，广西临桂（今桂林）人，"杉湖十子"之一，其文宗桐城派，有《怡志堂诗文集》传世，道光十五年（1835）进士，在为御史时曾数次上疏论时务，以刚直闻名，抗击太平军时驻守杭州，最后城破而死。

隐山在今天的桂林市西山公园内，其内遍布洞穴，如南华、招隐、朝阳、嘉莲、白雀、北牖、夕阳和龙泉洞等，藏于山腹。诗人与友人同游隐山，在饱览了隐山的美景后有感而发创作了此诗。

首联"洞前苍石窈而幽，洞口白云如水流"，开篇即写洞前的景色，正所谓"一切景语皆情语"。"苍""窈""幽"三个字状写的是所见之景，凸显出"苍石"的静态之美，同时也暗示出诗人寻幽时内心的欣喜与激动。他将洞前的景色饱览一番后，忽然一抬头，就望到了洞口。洞口是什么模样呢？"白云"如"水流"，这是神来之笔，白云与洞口天然地相接在一起，乍看去，正像水在慢慢流动，写出了隐山洞口环境之动态美。一静一动，盎然成趣。

在这样的环境下，诗人移步换景，定是迫不及待地进入洞中，此时洞中又是怎样的景象呢？"药炉茶灶自今古，野鹤长松谁去留。""药炉""茶灶"很有可能是洞中遗留之物，可以推想此处曾有人隐居过，"自今古"一下荡开，让人不由得生出一种时空的沧桑感。"野鹤""长松"本是隐逸的代名词，这里却无形中表露出诗人的心意，"谁去留"则更是将人世的沧桑感一语道出，沉着痛快而又令人感慨良多。

"我欲援琴赋招隐，相与散发歌清秋"，诗人紧扣"隐"字来写的，暗用《楚辞·招隐士》，将他内心的想法和盘托出，"援琴""招隐"实欲寻觅知音，然后回归自然，寄情山水。随后，诗人"散发"暗用李白"明朝散发弄扁舟"，将他归隐之心表达出来，仔细想来，这样的生活确实逍遥自在而令人向往。

然而，诗人并不局限于此，又继续向前推进，于是在尾联道出"自锄灵芝薙瑶草，不信尘世无丹邱"。"灵芝""瑶草"都是香草，它们是高士居住之处必不可少的，这一句仍然是虚写。"自锄"衬托出环境之高洁，烘托出最后一句，用"不信"二字来突出诗人的执着与坚定，他要在尘世寻找到心中向往的"丹邱"（神仙居住的地方），这一句振响有力，将诗人向往隐居生活、渴望与神仙交游之情展露出来。

此诗层层推进，千回百转，情感丝丝入扣，最后喷薄而出，畅快而自然，给人耳目一新的感觉。同时意境的营造比较成功，通过想象衬托，虚实结合，仿佛令读者也欲"隐"寻仙。

朱琦的诗将诗人内心深处的"归隐"之情淋漓尽致地表现了出来。

（高文绪）

晚市人归笑语哗

——龙启瑞《南郭晚归途中望独秀峰作》评析

南郭晚归途中望独秀峰作

龙启瑞

巍然一柱矗云霞，此下遥知拥万家。

近郭峰峦如竹箭，夕阳楼阁似莲花。

秋田禾熟村春闹，晚市人归笑语哗。

游览川原知不尽，黄昏城禁径须赊。

——选自吕斌编著《龙启瑞诗文集校笺》，岳麓书社，2008 年

【评析】

广西虽地处边陲，但是也不缺少文曲垂青，在这片秀丽的山水间蕴含着源自中原的优秀文脉。清代嘉道年间，广西"岭西五大家"便是名盛一时的创作团体，其中龙启瑞更是其中的佼佼者。龙启瑞，广西临桂人。他的父亲是一位清廉的官僚，家中并不富裕。受父亲的影响，龙启瑞发愤读书，11 岁便考中秀才，于道光二十一年（1841）高中状元。他既是政绩卓然的名宦，又是知识渊博的学者，还是文采斐然的文学家。他的诗、词、文都不乏佳作，

在政治、思想、文学、教育等诸多领域留下了丰厚的文化遗产。

《南郭晚归途中望独秀峰作》应该是诗人早期在家乡广西临桂的一首七言律诗。秋高气爽，夕阳西下，诗人自城南郊外向家中行去。他遥望家的方向，天光仍亮，独秀峰在人间烟火中安静地伫立着，似乎是大隐隐于市的淡然居士，又仿佛是沉稳无言的守护者。靠近城郭的山峰似一簇簇破地而起的新竹，楼阁飞檐在金色的光晕下好像绽放的莲花。耳边传来了喧闹声，原来是城郊大片的稻谷熟得正好，村子里的人们正在将收获的稻谷舂去外壳，相互分享着丰收的喜悦。收市回家的人们轻松愉快地大声谈笑着。四时有序而享耕耘之乐，山川无尽而成自然之美。这里的原野、山川是如此的可爱，秀美的山川令诗人驻足沉醉其中，满眼风光看不够，他希望城门宵禁来得晚一点，再晚一点，让这份美好延续得更久一些。

诗中所写到的独秀峰位于今桂林靖江王城内，其下有颜延之读书岩和多块摩崖碑刻，是桂林人杰地灵的见证之一。斗转星移，物是人非，夕阳不知道多少次在天空中绘满赤金或萼紫的晚霞，而只有独秀峰、漓江水和城外数重的山峦一如诗中所描绘的那样，守护着这座城市里万民的喜怒哀乐。

（黄恒觌）

后　记

◆

　　本书收录的广西历代诗歌包括历代写广西的诗歌，历代文人在广西写的诗歌，以及广西本土诗人写的诗歌。本书大体按照时代先后顺序编排。

　　本书收录先秦到清代的文人古体近体诗歌 65 首。根据丛书体例，不包括民国时期的作品。体裁上不包括古代的白话诗歌、山歌，也不包括词。作者不一定是广西的，但是写到的内容一定是与广西有关的，或者是直接描写广西的自然和社会内容，或者是在广西这块土地上写的。作者不确定的尽量不收，写作的内容是否与广西有关如不确定也尽量不收。从所收的诗歌看，唐宋诗歌占大多数，这反映了唐宋是中国诗歌最繁盛的时期，在广西的诗歌也是同样的丰富，而绝大多数还是名家诗人。《越人歌》被学者认为是最早的壮族诗歌，所以本书也收录其中。明清以后本土诗人大量涌现，但也不可能都收尽，只能选择其中一些优秀代表了。

　　莫山洪、林虹伶、熊逸文、钱辉、肖悦、石涛、闫晗、戴永恒、王德军、黄恒靓、卢雅雯、高文绪、李国萍、张雅琪、梁观

飞、杨兆涵、曹文怡、李宇星、闫雪塈（排名不分先后）等老师和博士生、硕士生参加了写作。张彦老师也提供了帮助。再次谨致感谢！由于本书撰写成于众人之手，文笔风格略有差异，虽然进行了统一修改，但很难做到整齐划一。各位作者对作品理解也见仁见智，加之编者学养所限，编撰出版时间很紧，错误在所难免，敬请方家和读者指正！

莫道才

2021 年 6 月